作者近影

妮歌 著

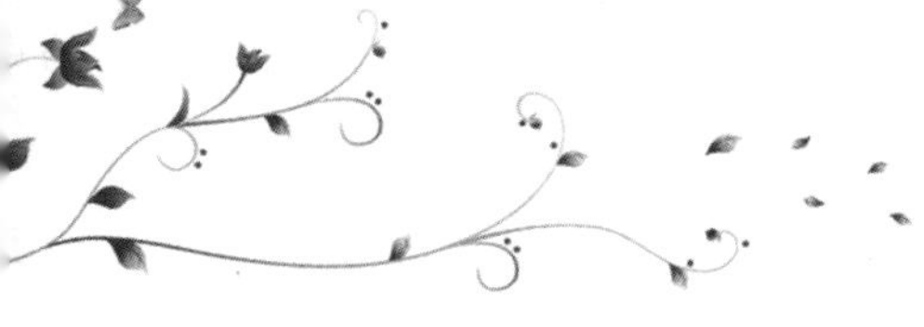

小鸟在前面带路

let's go somewhere beautiful

妮歌诗文精选

团结出版社

图书在版编目（ＣＩＰ）数据

小鸟在前面带路 ： 妮歌诗文精选 / 妮歌著. -- 北京 ： 团结出版社, 2013.11
ISBN 978-7-5126-1538-0

Ⅰ. ①小… Ⅱ. ①妮… Ⅲ. ①诗集－中国－当代Ⅳ. ①I227

中国版本图书馆 CIP 数据核字(2013)第 247112 号

出　版：团结出版社
（北京市东城区东皇城根南街 84 号　邮编：100006）
电　话：(010) 65228880　65244790
网　址：http://www.tjpress.com
E-mail：65244790@163.com
经　销：全国新华书店
印　装：三河市东方印刷有限公司

开　本：170×230 毫米　1/16
印　张：19.75
字　数：227 千字
版　次：2014 年　1　月　第 1 版
印　次：2014 年　1　月　第 1 次印刷

书　号：978-7-5126-1538-0/I・843
定　价：36 .00 元

Let's go somewhere beautiful

生活里有许多烦恼，也有很多快乐。

当夜幕降临的时候，明月会带来温馨的光，当秋雨洒落在田野上的时候，稻谷早已金黄，当草儿睡去的时候，小鸟的歌声唱着一个希望，当跋涉在红尘世界里的时候，请不要忘记，前面有一个美丽的地方！

小鸟在前面带路，带着我们回到一个纯真的年代，飞向一个童话般的王国，寻找充满爱，开满花朵的花园。

放下烦恼，忘记孤独，就让小鸟在前面带路，带你找到心中向往的地方，一片久违了的故土！Let's go somewhere beautiful!

现代诗歌

古体诗词

散　文

现代诗歌

爱情咏叹调

轻轻揽住飘过的春风
留下满袖馨香
很久没有为春天歌唱
因为冬天里的感伤

山林里
我会像蝴蝶那样在春花里飞舞
溪水边
你却如昨天的秋叶般
无情地飘荡

一条长长的丝带
缠绕住我的情感
丝带上结满
多情的雨滴
星星点点的浪漫

不会衰老的感情在童话里蔓延
凝固的花雨雕刻你的笑脸
如果春天里能见到山坡上的小草
那么河水中
就能听到爱情咏叹调

春天狂想曲

山雨冲毁了山路
雀鸟欢乐地高歌
春风在山林里跳跃
小溪蜿蜒出春波

雷声呼唤清泉
花朵轻语仙境
田野滋润嫩绿
柳枝描绘出一首春之歌

起伏的山岗上有蓝色的梦幻
忐忑的心里有弱弱的羞涩

嫩芽剥开新泥
吐出氧气
水草轻摇细软的腰肢
舞动春天里的恬谧

展开如纱的羽翼
在山与海之间的阳光里
放荡感情的狂想
爱的惆怅
等待一片漂泊的云朵
云朵里
潇洒的诗歌

父亲是山母亲是河

父亲是山
母亲是河
山水相连依偎着田野和草原
草原上的雨水
带来了美丽的春天

鲜花与小草相伴
露珠好像阳光的摇篮
山林青翠
河水温婉
双双托起一叶小舟
荡漾在妩媚的山川

秋去了春再来
小舟远行
山水还在
水长流山相伴
母亲是河父亲是山

小鸟在前边带路

悦耳的鸟鸣轻敲梦境
呼啸的山风洗涤黎明
洁净的天空
飘来几朵花样的翔云
梦中的交响乐
其实
就诞生于赞美春天的诗歌

小鸟在前面带路
美丽的春呼应鸟儿的叫声
轻语
花朵几时开放
诗云
去追寻小鸟的行踪

我会像鱼儿那样游来游去

天空下着细雨
草地一片静谧
又见河底的石卵
还有游来游去的小鱼

我会像山泉流过你的身边
我会像一条小鱼
游来又游去
我会像细雨浸湿你的发梢
我会像白云轻轻地飘去

在一个春天的早晨
走进你的记忆
在一个春天的早晨
又一次
离去…

你的爱留在了诗歌里

一个人的时候
打开陈旧的诗集
在浓浓的诗意里
寻找淡淡的甜蜜

花园里有几朵蓝菊
散发出天然的美丽
它们独特的姿态
很像诗歌中真实腼腆的你

一切沐浴在月光里
朦胧了记忆
啊
忧郁的蓝菊
你把爱
留在了诗歌里

四月天

后院的丁香开了
已经是四月
窗外的枫树吐露出细芽
已经是四月

春带来的温暖
融化进嫩绿的小草
美如诗歌的春色

风轻轻地吹
安妮又一次见到你
清凉的春雨
又一次回忆起
山中涓涓的小溪

四月里的春季是一匹绿色的小马
奔驰在原野上
让色彩鲜明的花朵在泥土上开放
四月的春风吹来你的呼唤
把安妮的心又一次带回了家

青蛙王子

一池春水漂浮着春天
一只春虫背负着太阳
一点春色灿烂了山林
一个妙龄少女彩裙轻盈

青草在晨露中弯腰
早起的乌鸦翘起闪亮的羽毛
小女孩追逐一只骄傲的青蛙
丢失了一只丝袜
吹散了一头长发

多嘴的乌鸦告诉少女
不是所有的青蛙都是王子
也不是所有的王子都是青蛙

春天里的绿草坪

春来了
染绿了阳光下的草坪
和暖的春风送来温湿的花香
花香里有切切的盼望

等待樱花的绽放
等待蒲公英的花絮四处飞扬
等待雏菊的花瓣点亮青青的草场
等待一首甜蜜的情歌温婉悠扬

你是一首春之歌
带着泥土的清凉
你是一池春水
轻轻摇荡
摇荡在又一次长出新芽的老树旁

这不是一首寂寞的情诗
也不是散落在绿草坪上的情伤
这是一只跳跃的小羚羊
在寻找
寻找一池春水融化后
沉淀出的墨汤

早　晨

穿上纱裙来到晨光里
融化在轻盈的晨雾中
早起的鸟儿尽情地欢唱
在邻近的树枝上

隐约的春歌自白云上滑落
在池塘里溅起浅浅的水波
露珠从花瓣上坠落

飘散在远方的雨滴
浇灌出浅黄的春色
我听到风的呼吸
虫的梦语
还有春菊呢喃的声音
心儿沉浸在柔美的早晨里
见到
见到你像睡莲一样
微笑的表情

当我回来的时候

冬天的积雪
掩埋了秋天的童话
当春风在空旷的田野上吹过
就看见淡绿的嫩芽

干枯的土地被春色装点
丢失了心中陈旧的故事
修改了一张错误的图画

打开纱窗有清新的空气
闭上眼睛
岁月就在夜色中缓缓地飘去

当我回来的时候
心中装满翠绿的色彩
当我回来的时候
心情不再像港口般拥挤

灯　塔

春天掏空了心中的琐事
欢愉的生灵告诉我应该如何前行

灯塔在海岸边闪烁
远航的船只看见了光明

走过崎岖的小路
来到感情的边境
跨过那个界碑就进入自由的国度

不再需要你牵着我的手走过人生
因为我经历过被抛弃的痛苦
不再依靠感情的支撑
穿过层层迷雾
因为远方的灯塔
在呼唤迷失方向的
小舟

春天和我

喜欢在春天的时候回到这里
相约淡黄色的春菊
喜欢在小雨盈盈的时候来到这里
眺望春水东去
漂泊者的足迹踏遍青山绿野
却在春天里停留
留恋韶光下的美丽

涓涓的小河里漂浮着春意
雨滴敲打微波中的涟漪
淡绿的水草轻轻地呼吸
吐出串串气泡
在我的指尖幻化成星星一样的水滴……

河边的石卵绊住了纱裙
再一次邀请我
邀请我
留在春天里

浮　萍

在静静的水面上曼舞
片片都是绿色的回忆
在蒙蒙细雨里散步
轻摇一首早春的舞曲

青涩的叶面上有晶莹的露珠滚动
淡绿的小船仰望天空

被雨水打湿的记忆
带来朦胧的感伤
随着浮萍起伏
漂荡
寻找水边
池塘
梦里的故乡

风继续吹

花又开了
在你走了以后
伤感不应该是春天里的心情

每当夜色来临
每当仰望星空
总是想起过去
过去与你一起拥有过的快乐经历

花又开了
风继续吹
花瓣像天上的星星布满苍穹

花
轻声唱着歌曲
风
摇摆着身躯
花朵那么美丽
风继续吹……

裙上的芬芳

在裙子的边上
占满花朵的芳香
一只小蜜蜂留恋早晨的太阳

独自在绿草地上寻找蒲公英的花朵
点点鹅黄
妩媚的背影披着悠闲的风
惊醒了还在沉睡的梦
微微摆动的裙边
在春风中抚摸彩色的花瓣

我在草地上游泳
直到蒲公英的飞絮
将我淹没……

诗人笔下的鹦鹉丢了一根羽毛

七色的鹦鹉丢了一根羽毛
它从黄昏哭到天亮

浑浊的泥塘蓄满昨夜的雨水
树叶在阳光里动荡
好像小鸟的翅膀

今年的春天来得很早
我跨过河水
看樱花一树
玉兰轻窕

这将是一个长长的春季
花粉飞扬在小雨里
山水倾洒
洒下瀑布般的桃花
七色的鹦鹉披上了粉红色的晚霞……

真实的故事

遇见了你
在一个美丽的季节里
离开了你
带着心痛的回忆

如果沉浸在过去
我
无法呼吸

默默地等待一个消息
远方传来轻松的只言片语

到蒙蒙的雨中散步
唱歌
你
渐渐远去

满山的红叶早已落尽
雪花已经凋零
山风与彩裙一起在田野上跳舞
春意里
收藏一个真实的故事
忘记虚伪的结局

一个人的童话

昨天绿油油的草地
今天开满了鲜花

星期六的早晨
无风无雨
小鸟和乌鸦都在屋外游戏

女孩儿来了
邀请我去参加婚礼
母亲来了
邀请我去参加孩子的生日宴会

一份简单的早餐
一杯香浓的咖啡
一个人在屋里走来走去

明天有雨
后天也有雨

喜欢在悠闲的时光里
一个人
走来又走去

桃花礼赞

淅沥沥的春雨湿润了空气
你在春雨里欢快地呼吸

粉红色的花朵
在雨色里羞涩出一树红晕
娇媚的花蕊吐露少女般的甜蜜

轻轻地走过你的身边
拂来花香一袖
玉指轻弹柔软的花枝
花瓣便如春雨纷飞
你粉面轻漾在微风里
荡漾出春天的涟漪

跟随芬芳的花香
在乡间的小路上
在朦胧的
春风和细雨里……

蒲公英为爱情开放

黄色的美丽是太阳的色彩
朵朵小花铺出一块金黄色的地毯

虽然只有一生一次的灿烂
也能带来快乐的春天

在飞向远方之前
蒲公英吐露娇艳
却也任性地向往白云和蓝天

为了爱情
张开野性的翅膀
在田野上飘荡
荡开薄薄的晨雾
亲吻早晨里的馨香

蒲公英轻盈地飞翔
好像流动的河水
寻找太阳的目光

完全可能

你用爱情丈量短短的诗行
你用忧郁的目光抚摸淡淡的花香

心灵的感应
完全可能在田野间绘出一个太阳

清清的河水里
漂浮着一个倒影
蝴蝶的翅膀上
有一枚秋叶的红晕
暖洋洋的草地上
盛开了一片白色的花朵
如云如风

我期待着一个发现
在蓝天与绿草之间
等待一个约定
曾经散落在遥远的田边

完全可能
在漫山遍野的花海里
欣赏一个爱情
直到永远

幸　福

有许多熟悉的影子
像海边的沙砾
有一些少女的梦
仍然星星点点地留在夜空里

火山喷发后留下的炙热岩浆
如今屹立在大海的边缘
遥远的东方

那里有一轮红日
那里有一条长江
轻狂的时代已经过去
留下了仅存的光阴

在一个宇宙里
分裂出无数交叠的影像
那些熟悉的影子
却始终如海边的沙砾

幸福
是一朵最轻的云
是云中
最细小的
那颗雨滴

村　庄

河水环绕的丛林里
有一块温暖的土地
生活在那里的人们淳朴善良
享用自己栽种的果实
蜿蜒的河水承载着悠闲的小船
小船在日光下扬帆

对这里的人来说
春风吹过山谷
红酒沉醉雨露
屋前有淡雅的秋菊
时间像浮雕般凝固
小鸟唱歌
马蹄声声
喜鹊飞上树梢
村姑采摘樱桃

春天不是曾经的故事
小女孩经常在这里嬉戏

春拉着风的手
轻触女人裙边上的
绿叶
美丽的花瓣

美丽河边

相识在美丽的河边
带着感情的浪漫
用甜美的声音说出一个心愿

相识在美丽的河边
花香如风
人美娇艳
晨光
晚霞
游弋在河水里
青草静卧在水边

蜿蜒的小路是你走过的地方
身后的垂柳是你离开的方向

炊烟
在远方飘散
我还在河边等你
等待如歌的美丽与春天

女　孩

春天的桃树下
一个小女孩神秘而骄傲地说
我是一个女人

她从妈妈那里懂得了女人的事
和女人与男人的不同

她手指继续灵巧地弹奏着钢琴
快乐地歌唱着女人的美丽

秋叶飘落
桃花又开
少女享受了做女人的快乐
也尝到了一个女人失去纯真的心痛

秋叶飘落
桃花再开
小小的女人
从此
从此
消失在…
消失在
茫茫的花海

大麻屋

小镇的外面有一座英式的小屋
因为以前的主人在那里种过大麻而荒芜

一座女神的石雕像一直站在屋外
守护着这座受过伤的小屋

年复一年
野草环生
青藤爬上屋顶
一片凄凉的景色让女神心痛

主人啊
你在何方
如此冷漠地抛弃了自己的故土
每当人们从屋前经过
都能听到小屋的哭诉

一个春天的早晨
有一个人回到了小屋

他清扫灰尘
除去野草
剪断青藤
他打开门窗

修补漏洞

擦干了女神脸上的泪珠

春风吹进了小屋

花香在屋内飘动

他给小屋带来了春天

他给那座美丽的石雕像

带来了生命

亚特兰蒂斯边的小镇

太阳从水面升起
又从水面落下
人们整天忙碌着
打鱼、吃虾、睡觉...
新式的鱼船在小木舟旁经过
卷起片片水花

小镇上唯一的一条公路的两边
有很多坟墓
公路上跑着老旧的汽车
坟墓里埋葬了几代最早登陆此地的法国人的后裔
汽车里挂着祖先们的照片

小镇上的人保留着欧洲本土的习惯
也混合了印第安人的爱好和文化
几百年的光阴不长也不短
小镇上的人
在海边
抽着烟
喝着啤酒
一次又一次从晨光里走进晚霞

太阳依然从水上升起
然后再从水面落下......

一岁一枯荣

被春风抚摸过的土地
色彩鲜绿娇黄
不见了泥土埋葬秋叶的凄凉
被春雨亲吻过的河水
更加妩媚漂亮
融化了冬季的苍桑

这里没有柳叶青青
柳枝轻扬
只有一片绿色的草场
四季轮流歌唱
舞台的幕布拉开又关上
秋冬的背景衬托出春意和一个希望

一岁一枯荣
花开一次美丽一生

当春风吹过的时候
当春雨飘落的早晨
心中的渴望
再次
重生

窗　内

每一个清晨
窗外都有一个新的景色

昨天
松鼠吃着枫树上的新叶
今天
蝴蝶在树叶间跳舞
四季轮回着彩虹般的色彩
生命交替着绿与黄色的转换

一双眼睛贪婪地注视着窗外
心情随着季节从春天飞到秋天

窗外
小孩子渐渐地长大
冬雪染白了父母的头发

窗外
时光慢慢流逝
窗内
凝固了一朵情感的小花

候　机

他在作画
我在写诗
约翰，60岁
在听音乐
黑女人在小睡
凯文，一个年轻人
正忙着发送短信
大概在与女朋友谈情说爱

风很大
这是飞机不能按时起飞的原因
黑黑的空中小姐很胖
艰难地在飞机狭小的空间里移动

我不太明白
为什么老约翰和小凯文会是旅伴
我很高兴
听到机长说出飞机即将起飞的消息

生活充满了喜悦
当然
也有很多意外和不懂的问题

借我肩膀靠一靠

心中有一潭湖水
只能映照一个太阳
我习惯站在河水旁
陶醉于花香

樱花在春天开放
叶子就在秋天衰老变黄
当远山渐渐清晰的时候
黄昏的落日已经来到

站在温暖的街上
有一些彷徨
当那个消息传来的时候
花儿不再飘香

孤独地等待
伴随半个月亮

借我肩膀靠一靠
我疲倦得只想睡觉
借我肩膀靠一靠
我想让泪水放肆地流淌

我喜欢坐在河边独自幻想

更希望有一座乡间的小屋
里面没有令人心碎的失望
只有一个
一个美丽的太阳

一只快乐的小鸟被闪电击中

你在天空自由地飞翔
你在田野快乐地眺望
你是一只幸福的小鸟
享受着自由和休闲的时光

白云是雨的家乡
青草是牛羊的口粮
田鼠在谷堆旁跳舞
虫卵孵化出希望

小鸟唱着愉快的歌
与梦想一起成长

风吹过绿色的草地
花儿吐露芬芳
小鸟在幻想中迷失了方向
太阳究竟在何方?

雨水离开了故乡
飘落在小鸟的身上
被雨打湿的翅膀
已经无力飞翔
闪电划过天空
雷声击落了光亮

黑暗像一件湿淋淋的外衣
披在小鸟的背上
突然
突然
又一道闪电掠过眼前
小鸟
从此不再了快乐的歌唱

爱情所赋予我的

付出爱的时候
天空有一道彩虹
失去爱的时候
心中只有月亮的阴影

小桥流水的美景
描述梦中的故乡
北方晴朗的夜空
带来忐忑的心情

爱情所赋予我的
是一个秋天的风景
黄叶
在心中颤动
爱情所赋予我的
是一个飘渺的旅程
从此
又多了一个伤痛

无法接受这个事实
一个粉碎在春天里的约定……

让一切
就这样过去

因为
因为四季按照自己的轨迹
运行

春天午后的阳光照耀着

总是无法忘记过去的日子
虽然泪水淡化了记忆

眼睛里可以流出血来
因为被伤害得太痛太深

多少个春天午后的阳光
多少个太阳升起的黎明
因为心中有你陪伴
所以一切都是那么美丽温暖

一个谎言
一个讲不完的故事
在一个早春的时候
夺去了心中的永远……

又是一个春天午后的阳光
照耀着色彩缤纷的花园
在花园缤纷的色彩里
是否
还有一个甜蜜的春天

同一个春天

我会沿着同一条轨迹
慢慢地走下去
就像河水蜿蜒在河床里

我知道，无论有多少个明天
都无法带走昨日的温暖

曾经
尝试着触摸你的情感
原来一切都是轻松的谎言
曾经
微笑着走进你的世界
原来那里只是荒凉的河滩
我会沿着同一条轨迹
固执地走下去
因为相信
相信在路的尽头
仍然
有同样美丽的春天

雨中睡莲

轻盈的雾霭环绕着湖岸
蒙蒙细雨敲打着睡莲

轻轻走进月下的荷塘
梦里的故乡

过去已经很遥远
遥远的过去漂浮着一条小船

岁月承载着快乐
渐渐远去
带走了思念……

今夜
月还是那么圆
梦还是那么甜
只是多了湖边的垂柳
雨中的睡莲

普罗旺斯的太阳

如果我是一只小小的蟋蟀
会藏在草地里
等待你的到来
如果我是翩跹的蝴蝶
会留恋你身边的光彩

丁香在春风里微笑
小草在风中把脊背朝向太阳
印第安人的祖先丢失了这片美丽的土地
他们的子孙仍然认为这里是自己的家园

薰衣草色的眼影
染上了嫩绿和鹅黄
混合出普罗旺斯的阳光

如果你是青草上的嫩绿
我就是那嫩绿上的一朵
鹅黄

太阳照常升起

每天早上起来
都有一个新的太阳
每天看着日落
然后在黑夜里睡眠

今天医生说
你要对自己的身体好一点儿
虽然你看起来很强壮
那张小纸条上写着
请你每天早一点上床

一个人来去
在时光的走廊里
春天换上长裙
冬天穿上棉衣
匆匆地做事
深深地呼吸
医生说得很对
要对自己好一点儿
因为
因为每天
太阳照常升起

最英俊的少年

细雨绵绵的早晨
在春天里散步
睫毛上挂着几滴晶莹的水珠
正是雏鸟孵化的季节
正是橡树再次披上绿衣的时候

牛仔裤依然是安妮的最爱
彩裙正在等待夏季的到来

春
其实从未远去
她一直都在枝头
欢快地歌唱
如果
每年你和春天一起走来
那将是安妮渴望的梦

你
从未走远

在每一个春色烂漫的时候
你都是我今生见过的
最英俊的少年

昨天的雨

昨天的雨
下到了今天的花园里

刚刚洗干净的汽车上面
布满了星星一样的雨滴

从前的少年
已经脱去了一脸的稚气
练出了六块腹肌

他仍然容易坠入情网
爱上一个又一个少女
然后
然后再爱上他和她们的孩子

这个世界很小
所以经常见到他和不同的女人谈笑
这个世界不大
也能容纳下他的感情

在咖啡店里
又一次遇到了昨日的少年
今天的男人
却没有见到

他引以为自豪的腹肌

昨天的雨淅淅沥沥
下到了今天的花园里

一棵树

远山走近了
绿色退到海的那边
一双有魔法的手
推倒了美丽的花墙

在四面压抑的黑暗里
只留有一丝光亮
一个如狗洞般大小的地方

过来
从这里爬出去
这是你唯一的出路
魔鬼的吼声在耳边震动

那朵亮光闪耀着诡异的色彩
幻化成可爱的天使
在空中飞翔

不要从那里出去
心坚强地说
即使这黑暗的空间是永恒的归宿

春风带着泥土的清香吹来
春雨带来了甘露

一棵小草在心里发芽

慢慢地长成

一棵树……

绿草茵茵的小路

一条绿色的小路
连接着这片园林与那一片园林
小草在春天里染绿了小路的腰身
很多年
她经常在这条小路上行走
无论是四季里的哪一个季节

现在她变老了
已经没有男人愿意走近她的身旁

年轻美丽的时候
她远离所有的异性
一个人走过人生的春夏秋冬

小路很寂静
可是有时却能听到汽笛声
那是她的爱人随一条船远去时留下的声音

年轻人不喜欢到这里来
因为灌木里没有美丽的身影

小路的两旁绿草茵茵
她喜欢独自在这里行走

能走多久就走多久
她喜欢在这条小路上行走
能走多久就走多久

花轻轻地开

希望你不会计较我悄悄地到来
因为花儿总是轻轻地开
知道你很在意我的离去
因为花儿很快衰败

雨中有一首歌曲
唱着黎明和未来
花语重复着美丽的存在

春风吹开一扇窗
拉着我的手
追逐桃色的云彩

春
就要离去了
风
吹落了一地
花瓣...

天使的笑声

你来了
带着甜美的微笑
你来了
带来所有洁白的云朵

那笑声
天使的笑声
让春风止步
让桃花低头
让小鸟聆听，
让泉水喷涌

你送来春天的花香
田野上绚丽的希望
我为你祈祷
也为
我自己

风之声

她几乎用尽了所有的精力
维持着一个关系
一个最亲密又十分疏远的距离

他们努力保持着一个平静的生活
却常常听到风的声音
他们又一次在海边度过了一个周末
却也只听到了海风的声音

海水漂染了世上的一切
蓝天填满了窗棂
也许只有灰色的云朵除外
或许还有不常见面的彩虹

她不得不用其它的方法寻找答案
而他好像不愿意说话
他的话都用在与别人交谈上
都用在很少成功的生意上面

他们都睡的很少
很晚
在沉默的下面是风的声音

春天来的很快

一夜之间就到了这里
染绿了桃枝
染红了小雨
温暖的春里能够听到鸟儿快乐的歌喉
她知道自己想要什么了
她熟悉风的声音

多美的春花呀
开放的无声无息

再喝一杯

坐在屋前晒太阳
过着悠闲自在的时光

看着晚霞飘散
又见到曙光出现

再喝一杯
望着远方的青山
在朦胧的晨光里
在小桥流水边

倚靠着被太阳晒暖的墙壁
身体也融入石墙上雕琢的玲珑印迹

再喝一杯
当太阳沿着时间的轨迹慢慢升起

她想把光阴定格在早晨的阳光里
这样就可以
可以长久地沐浴在温暖里
即使在寒冷的冬天
也不会感到一点寒意
她知道那个想法很幼稚

所以她只告诉自己

再喝一杯
在早晨的阳光里

会飞的小鱼

当繁华落尽以后
星星依然闪亮
只在秋天的旷野上
留下一点忧伤

当海水平静以后
金鱼和渔夫的故事
就会结束在海边的老旧木棚上

流星穿过夜空
落在石桥的那一边
没有发出一点声响
仿佛一滴泪水流出眼眶

远方的大地
是流星的归宿
遥远的天空是许多星星的家乡

不再记得
那个古老的童话故事
不再记得你
那个故事里会飞的小鱼

你是我的唯一

太阳慢慢升起
月亮悄悄离去
即使在黑暗里你仍然是我的唯一

很想知道海洋的秘密
更想了解你心底的沉寂
即使
即使太阳不再升起
在那样的黑暗里
仍然留下一个过去

我从来都不会走远
当你回头的时候
我就在你的身边
我从来都不想走远
在你转身的时候
我还在你的身边

山下的河水曾经承载过一条小船
小船上有一个唯一
还有一个永远

城墙　河流　马和骆驼

离房屋最近的是一条小河
离家最远的应该是那段城墙

时间延续着一个古老的故事
远方流传着一曲沙漠驼铃

策马越过山海关
遥遥万里
却无法穿越戈壁沙滩
因为那条小河已经留在了身后

因为
因为马背上没有两个高耸的驼峰

城墙的外面总是有更多的清泉
城墙的里面却有浮华和美艳

磨盘的下面流淌出洁白的乳汁
马匹喜欢在青草地上狂奔...

离家最近的是一条小河
离我最远的
是那个城池和行走在沙漠中的
骆驼

我已经见到了山顶

中午十二点
太阳爬上山坡的时候
我已经见到了山顶
晚上八点
太阳消失在远山的背后
我已经见过山顶

黄昏时分
我坐在一把摇椅上
默默地想
要不要再一次一个人到山顶上看月亮
他来过
又走了
带着一脸的惆怅
院子里的蚊虫在皮肤上留下印记
好像生活中的一些经历
不疼也不痒

一个老人从花园旁经过
继续走完所剩不多的路程
杯中的咖啡已经凉了
要不要回去换一杯
那位老人当然已经到过山顶
像我一样

她带着满意的笑容

倒掉杯中的凉咖啡
准备休息
可是现在
被蚊虫咬过的地方开始红肿

北京男孩

在时间的远方
也在距离的远方
那里有一段记忆很难忘
在时间的远方
也在记忆的远方
保留着一个纯真和美好

虽然曾经一起读书
一起上过幼稚园
却好像彼此从未说过什么
虽然曾经一起长大
却几乎从未彼此相望过
但是
但是
却好像仍然那么熟悉

电话里
一个声音响起
穿越了时空
也带回了过去
安妮
我
很想你
请你忘记漂泊的足迹

仍然是那个少年熟悉的声音和语气

安妮

我们都非常想你

是否还记得我们的曾经和过去

童年还有少年时的经历

这一次

是几个曾经的男孩子不约而同地说出的话

是安妮

等待已久的

消息

我耽误了飞机他没有

我还在这里
因为我错过了班机
望着你一脸的惊讶
我这样回答
他
在哪里
你的眼光里闪过一丝快意
我耽误了飞机他没有
很明显
你松了一口气

喜欢你的眼睛
喜欢你眼睛里的快乐和忧郁
他经常望着我的眼睛这样说
在很多年里

终于赶上了那趟班机
他留下了快乐
带走了安妮眼睛里的忧郁

其实
其实安妮并没有想登上那架飞机
其实
其实他也没有再一次
留下来的意思

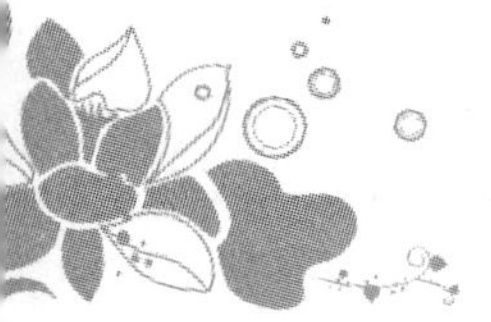

春天走远了

春天就这样走远了
没有留下什么遗憾
树变绿了
花也按时开了
春让一切那么容易地从冬天的干枯
变成夏天的郁郁葱葱

夏天的夜晚有一千零一夜的故事
有被野猫丢弃的老鼠的尸骸
外婆说过
一切都是那么美好
不要害怕那些野猫

当她还很小的时候
在春天离去的一个早上
在夏天来到的那个晚上
有人告诉她
她其实来自一个黑洞
在她妈妈的身上
她当时很害怕
虽然后来又有人告诉她
没必要相信那样的鬼话
可是
每到春天离去的时候

每当夏天来到的晚上
她仍然会害怕

很多春天就这样走远了

最后一切都会很美好

云来了
雨去了
云去了
雨来了
人生有太多的重复

梦很美
最终
会相信梦境吗
星星经常眨着眼睛
无论是春还是冬
树叶环抱着看似枯萎的枝干
其实那灰色的下面也有浓绿的乳汁

最后一切都会很美好
那是秋叶飘落时留下的遗言
一切将会很美好
脚下有青草铺满的小径

她自信地走着
拉着悠闲的风
她孤独地走着
身边
只有轻柔的风

火与水

有一个想法跨过了小河
有一个月亮出现在黎明
有一条蚯蚓钻出了泥土
有一个少年
在树影中晃动

远方的雨润湿了眼睛
身边的篝火燃烧了感情。
青春只是过去的故事
水与火的交融
和战争

让水扑灭火
有一个愤怒的声音高声说
还有蟋蟀不停地低吟
用水扑灭火
热泪在火焰中跳动

火花的诱惑
让雨水
融化在篝火中

城墙上的木马

当风吹过的时候
它沉默不语
尽管太阳很热
也不能融化它的眼神

风在哪
太阳在哪里
对精致的木马都无所谓
也没有任何意义
因为它始终只有一种姿势
那就是
沉默不语

当风变暖的时候
当草地转绿的季节
沉默
仍然是木马对大地和天空唯一的回应

有许多熟悉的身影
有许多儿时的梦
越过河里的石卵
跳过山中的清泉…
谁能解开它身上的绳索
谁能
送给它一个真实的梦境。

花开如雪　花落如枫

春天里的雪花带着芬芳飘落
飞飞杨扬
夏季里的阳光转换了方向
在河边升起
在河水里休息

月亮追随着太阳
在如雪的花瓣上撒下金色的光芒

不要采摘缤纷的花朵
留下一些芳香给小鸟和昆虫
不要亲吻甜美的花瓣
让蜜蜂采集云一样的芬芳

和谐的雨水带来晴朗的天空
温暖的泥土怀抱纤细的花茎

太阳
改变了方向
阳光在河水里休息
花开如雪
花落如枫

今天不写诗

天蓝得让人心醉
花美的让人陶醉
中午的暖阳融化了小鸟的歌喉和翅膀

今天不写诗
准备出去晒太阳
让皮肤给身体制造更多的维他命和营养
今天不写诗
睡个午觉
放松心情
听听音乐
释放紧张
得到能量

小鸟正在午睡
松鼠在窗外窥视
暮春的午后炎热如夏季
今天
不写诗

不小心悟出一个道理

有时不小心悟出一个道理
机会是嘴边的一条大鱼

经常不经意地走过青草坪
带回一些花的种子

多少年后
不小心想起一条大鱼
多少年后见到身边花开满地

何必到河边去钓鱼
何必常常买花耕耘
从身边游开的鱼很多很大
青草坪上有最多的色彩和美丽

有人走了　有人还在

人来人往
无论是大街还是小巷

在这个小镇上有人来了
有人走了
在熟悉的城市里
有人走了
有人还在

相思只是一阵的事
记忆倒是能够长久

夏季的炎热里
人们比较健忘
高温下更容易心疼自己

无风无雨的下午
心情却是轻松的时候
喝几杯咖啡
看看天气预报
打几个电话询问一下
这个夏季有谁离去
又有谁想留下

人们来自不同的地方
经常要回到不同的地方去
思念只是短暂的事
记忆倒是可以长久下去

在这个小镇上
有人走了
有人还在

日落之前

应该忘记你
在日落之前
说声再见
锁好院门
在日落之前

长长的来路铺满青春的花朵
眼前的小路落满灰尘
朦胧的雨中
可以看见树叶在摇动

以为雨在云里不会落下
以为雨落下以后会是一片彩霞

春天的美丽因为小草可以发芽
秋天的美丽因为荒谬的童话

赶快收好谷仓外的稻穗
在日落之前
夏季的洪水就要来啦

我应该拥有更多的爱

从初夏的雨中
落下纷飞的花瓣
带着余香回忆春天的灿烂

蒲公英已经飞到了池塘的那一边
带走了春天
带走了一些遗憾

我应该拥有更多的爱
我们一起走过风雨中的清晨
我应该拥有更多的爱
还记得雪花飞落的黄昏

如果从此
从此不再见你
春风还会送来温馨的花雨
如果
如果花雨中飘落一片残缺的花瓣
那么
那么这就是春天里的遗憾

小小的昆虫

多少个春天随着梦走进月下的花园
芬芳的夜晚
月亮悬挂在蓝天
那里是我的王国
我的花园
那里有一个微笑的少年

多少个夜晚随着梦幻走进春天
温文尔雅的少年依然风度翩翩
月亮颜色的花瓣星星点点地在闪耀
月牙样弯曲的嘴角灿烂了整个花园

这样的夜晚
花香在梦里飘浮
一切都是原来的样子
一切都在树影里变幻无穷

我变成一只小小的昆虫
喜欢坐在露水边
等待天明

我并不在乎

那又怎样
如果你离开
我不会在乎
如果你不愿意留下来
夜里常常梦见不熟悉的事
好像也有白天不愿想起的事实

花依然开得很娇艳
小草照样呼吸
河水总是唱着古老的音律

我并不在乎
解开一条缆绳
让小船离去
太阳不会沉默不语

柠檬树

走进森林
寻找柠檬树
走近大海
在寂寞中等待太阳出来

春天的暖流已经将冰雪融化进海洋
沿着芳香飘来的地方寻觅
走丢了青春的时光

柠檬树变成一颗星星在闪耀
月亮在月光里微笑
柠檬树讲述绿色的世界
一个从京城里长大的孩子
始终没有忘记
童年的梦想

破碎的童话丢失了最后一页的篇章
最后的篇章记载了柠檬树的方向
从此
她要用一生的时间
寻找
寻找
生长柠檬树的地方

夏　天

已经生疏了的知了的叫声
隐约从远方传来
过去的时光和现在
一起出现在夏天的夜晚

梦里的思维没有逻辑
却如婴儿般简单惬意

这里没有知了
所以夏天的时候很安静

一个邻居在修理游泳池
另一个邻居在修剪花草
安妮在油漆窗户

夏天是一个忙碌的季节
无论是夜晚还是白天

街灯亮起来了

街灯亮起的时候
天空是灰蓝色
太阳的余晖在街灯边慢慢地退去
此时已经看不见小河的背影
只有流水的声音
缠绕着枝叶繁茂的丛林

如果错过了这美好的一天
仍然会有下一个白昼
如果错过了又一个白天
总是还有另外的一个

太阳反复地来去
街灯也经常亮起
时间
就这样被切割成
一片又一片的光阴

我关心的每一个人
都已经离去
有的消失了
有的根本就没有存在过

街灯明天还会亮起
点亮又一个蓝色的夏季

能帮我一个忙吗

从打开的那扇门望过去
可以看见一个花园
花园里总是有一些迷人的香味
生命在那里变换出不同的风景
在不同的季节里
从花园望过那扇门
可以看见厨房的一角
厨房里总是飘来食物的香味
还有小女孩用幼稚的童音唱出的一首童谣
能帮我一个忙吗
请打一个电话给我
能帮我一个忙吗
请经常把房门打开
生活将要继续
既在花园里
也在厨房的美味里

总有一些事放不下

总有一些事放不下
总有一些人浪迹天涯
总有一片云停留在港口
总有一些情感
很难表达

这样说
你当然不明白
在心灵最柔软的地方有一个答案
当月色拥抱寂寞的时候
那柔软的角落就会生长出
一棵嫩芽

没有你的世界会是怎样
无论怎样
坚强才能支撑起那棵嫩芽
无论怎样
最终
心灵仍然会发芽

总有一些事放不下

秋千摇荡

一粒沙子在沙滩上闪耀
一颗星辰在天边辐射点点的星光
生命在无极中穿越
海水的下面
有很多的鱼

生活中有乐趣
也有沉重的行李
每当远行
每当在停泊的游船上喘息
却如赤脚在沙漠中行走
沙滩上留下深深的足迹

轻窕的白帆
蓝色的小船
是海面上最美的风景
内心的感叹
秋千悠悠地摇荡
时光投下片片阴影
堵塞了心情的空间

我被卡在天空的缝隙里
变成了一朵
不再飘动的云彩

听爸爸讲海的故事

这里三面环海
是一块被海水拥抱着的土地
生活在这里
就好像坐在一条小船上与海水一起摇荡
摇荡出童年的幻想

喜欢听爸爸讲海的故事
虽然那时我们离海很遥远
喜欢看爸爸望向远方的眼睛
也许那就是我现在漂洋过海的原因

山在云雾中朦胧了身影
可是海水依然十分清晰地在眼前流动
爸爸的故事已经被画上了时间的光影
可是海水依然在不停地流动……

那不是我的意思

太阳来了又走了
余晖踏着热浪远去
撒哈拉的游牧人追逐移动着的沙丘

早晨
远古的河道
干枯的河床
在炎热里依稀可见
沙漠中没有彩虹
没有黑与白的对比
却有浓郁热烈的色彩
阳光和沙丘

这其实不是我的意思
在一望无际的感情的撒哈拉里
有顽强的
生命

远眺上古的湖泊
哥伦比亚的沙丘
那些只在雨后才有的绿色植被
在炙热的阳光下散发出热带雨林的清香气息。

乡　音

远山在云里浮现
海水在雾中平添出一些神秘的光环
小船载着云雾游向深海
那里有更蓝的海面

异乡的雨漂浮起段段回忆
心中的思念承载着海水与小船
跟着故乡的云回到家乡
把乡音拴在桅杆上
让北方干燥的风吹落脸上的泪
当再一次离开的时候
就不会心痛
也不会
又一次迷失方向

吉　它

空寂的走廊上有清丽的吉它声响
神圣的曲调伴随着记忆轻扬
当乐声入耳
当你的十指拂过琴弦
感动的泪水涌出眼眶

空气中有温馨的花香
也有你痴情的目光
你望向乐曲深处的眼睛
流露出淡淡的忧伤

一个姑娘感动过你
曾经的感情从指尖流出
在吉它的琴弦上
化作美丽
和音像

痕　迹

从窗户里望着你远去
犹豫的脚步在青石路上留下一点痕迹
脚印延伸到路的尽头
把感情留在了窗户里

窗帘微微地颤动
美丽的眼睛凝视着你
你的背影带走了过去
带走了窗外的小雨
留下了一片彩虹
留下了
一点痕迹。

你听　你听

涨潮了
海水卷着浪花蹦跳着走来
涨潮了
海风吟唱着月亮的歌
台风在夜色中吹过
卷走了暑气
卷走了海水的泡沫

你听你听
海走来的声响冲刷着时间的长廊
你听你听
淡淡的月光在海水上轻唱
握住小小的船桨弹拨出一朵浪花
送给你
温柔的晚霞

明天我会离开

已经离开了很久
还在原地行走
好像迷失在森林里
走不出密林深处

说了千百次分手
仍然被一丝丝情意留住
忘不了应该忘记的岁月
年轮的完美轮廓

明天我会离开
在太阳升起的时候
宝贝明天我会离开
在风轻雨弱的早晨
带上简单的行李
穿上自己的彩裙
就这样
明天
我会离开

无论怎样

走近你的身边
好像走近一条湍急的河流
水声遮盖住喘息
雾气笼罩着眼睛
那有磁性的流水吞噬着感情的波纹
那急急而去的浪花
卷走了河边的鱼虾
无论怎样
牵着你的手走过迷雾茫茫的小河
无论怎样
闭上眼睛与你一起欣赏河边的彩虹

水鸟在芦苇上轻唱
伴着顺流而下的时光……

让爱情不再遥远

风在小雨里划过
卷起雨的裙角
月光在风里游荡
披上风的衣裳
追随风的翅膀
在田野上
清点雨滴的数目
在心上...

欣赏几朵花香
绣一片雨云在蓝天上
让爱情不再遥远
因为雨是思念的故乡

一个人跳舞

闭上眼睛在小街上行走
感受星云样的旋转
没有色彩的浪漫

一个人在旅途中跳舞
忘记一个花样的舞台
触摸无边的情海

闭上眼睛想像缤纷的色彩
小街上有玫瑰般的容颜和神采
一个人跳舞
无拘无束
拉开紧闭的帷幕
聚光灯下孤独的身影
仿佛
七色的彩虹

葡萄酒的故乡

片片绿叶托起即将成熟的葡萄
明媚的早霞在露珠上梳妆
葡萄成熟了
散发出醉人的馨香

葡萄酒的故乡
梦里依稀的地方
太阳仍然升起在同一个角落
滑向同一个方向
跳跃着的葡萄藤伸展着腰肢
爬向更高的藤架眺望早霞升起的东方

再次品尝殷红的醇香
再次种下一个希望
杯中的热泪重叠出
一个太阳

你不是你我还是我

船启航了
沿着高高的沙丘
茫茫的沙漠
卷起点点星光

蓝天下的白云
白云下的波澜
波澜里的情歌
情歌里的火焰

船启航了
穿过断裂的沙海
游过浅浅的小河
卷起洁白的浪花
消失在蓝天下

我望着你
你望着大漠
我游过沙海
你走过小河
寻找山的笑容
水的柔情
在海天之间
在光影游荡的

街灯下面

岁月雕琢出的雕像
有的很美
有的
失去了原来的摸样

爵士乐

跟着爵士乐摇摆
海风从窗前吹来、
舞姿如白云样轻盈
节奏如小船般欢快

回来回来
快乐的天才
回来回来
青翠的白菜

让腰身欢快的扭起来
和你一起摇摆
爱情就会回来

躺下看见月亮

改变一个姿势
躺下
看见月亮
改变一个神情
衡量一份月光

1995的时候
鲜花被拖船拖走
120首歌曲唱着同一个春秋

纷乱的河面游动着很多小船
当海水静止的时候
见到2012的光环
预言随着鼓声传来
穿过冰山
落入海底的火焰

醒来
花朵虽然不再
又见漂浮着的小船

躺下看见月亮
星星在哪个方向

雨就这样失去了魅力

雨季匆匆地到来
带着醇醇的芳香
雨水急急地下着
伴着焦躁的雷声

窗前的鹰舒展双翅滑向北方
那是山的方向
窗前的雨垂直而下
奔向海的家乡

悄悄的蝉鸣在雨的缝隙间传来
又回到雨丝中去
很难捕捉它的方向

宁静的夜在雨声中失去了宁静
勇敢的鹰在雨中淋湿了翅膀
雨
就这样失去了魅力
却也带来了一点点花香

梦　乡

秋千轻轻摇荡
摇出串串梦乡

村庄的小路上有一只小绵羊
青草铺满山坡
野花落在小羊的头上
四季悄然而过
村庄改变了模样
多了弯弯的流水
来了一群鸳鸯
成对成双
很漂亮

美丽的村庄
骄傲的小羊
欣赏鸳鸯戏水
在铺满青草的山坡上

那里有人还是没有人

下雪的院子只有一个色彩
也可以说没有色彩
飘浮的云里有一个身影
也有绿草青青
灯光铺满的院落
有一声欢笑
也有几声叹息
在花朵环绕的花园里
那里有人还是没有人

橘红色的屋顶
洁白的墙壁
草绿色的桌椅
金黄色的雨滴
一切都在阳光下闪现
就像海市蜃楼飘浮在沙漠里

花散发出醇香
空气轻盈地托起思绪的羽翼
在隐约而来的音乐里
有一个清晰的身影
有一个
看不见的美丽

荒原上的一棵树

跟着感觉走向荒原
不见绿草茵茵的河畔
黄沙遮盖了双脚
日月依然灿烂

荒原上的一棵树
孤单
傲慢
炎热中的一点绿
浪漫
娇艳
这里没有四季变幻
只有阳光更加温暖
星星点点的仙人掌点缀着荒原
与孤单的树分享一滴雨水
也是绿叶的陪伴

她
不愿走出荒原
那里有一个希望和呼唤。

画中的小雨

坐在窗前的桌旁
你凝神注视着画中的小雨
窗外是阳光明媚的早晨
你在思念过去的雨季?
黑发遮住微笑的嘴角
眼睛里是朦胧的目光

雨在心中飘落
滋润了记忆的狂想
雨滴落在睫毛上像星星般闪亮
雨滴落在嘴角边在微笑中化为一片霞光

窗外有晨曦中的温暖
窗内
有小雨中的呼唤

太阳画的画儿

第一缕阳光照进屋里
在墙上画了一幅画
清晰的图案
金黄的色彩描绘了阳光的感叹
长满青苔的院墙不是阳光旅行的终点
染上金色的青苔像星星一样绚烂
太阳画的画儿
在墙上
在院落中
在草地上的角落里
好像一个个面包圈膨胀出甜甜的诱惑
唤起众生的欲望

远山上的树影讲述一个动听的故事
窗外的花丛里有一个美丽的女孩
太阳画的画儿留下了许多谜语
保留了孩子们眼睛里的
好奇

青苹果

青青的苹果
红红的太阳
蟋蟀在悄悄地歌唱
夏天的果园是青苹果的故乡
流浪人的足迹伸向远方
花谢了
青苹果露出了可爱的模样
女儿长大了
离开了家乡
妈妈说
远方是流浪人的梦乡
青苹果长在花开的地方
女儿说
甜甜的苹果长在最高的树枝上
那里
有一个红红的太阳

美丽的发夹

周末的中午无雨无风
屋后的小河弹奏着美妙的琴声
听不见花语
没有虫鸣
只有一只蝴蝶悠闲地舞动

她的花园是蝴蝶的天堂
每一片花瓣都像蝴蝶的翅膀
坐在水池边
让妩媚的花浪漫的蝶
亲吻贪婪的目光
等待蝴蝶落在发梢上

美丽的发夹在水中煽动着翅膀
绘出年轮的波纹
给时光的倒影留下一点点
缤纷的花香

守　候

守候着一纸荒唐
丢失了满山的花香
什么是人生的感叹
离开的小船
似乎有点儿像

找寻小路旁的石头
瓦片上的风霜
青青的谷粒上生长着希望

风铃清脆地摇荡
时光的碎片落在窗台上
吸引好奇的眼睛
带走了一双飞翔的翅膀
遥远
在阳光下坠落
眼前
出现了一条弯弯的
小河

让我猜猜你在哪里

刚从伦敦回来又要到法国去
今年的行程从阿尔比斯山上飞到远东的城市里
应该到哪里去等你?
应该在哪里休息?
让我猜猜
你现在在哪里

外面正在下雨
夏日的雷阵雨中有一只孤雁在哭泣
外面正在下雨
院子里的玫瑰默默无语
雷阵雨很快就会过去
因为不远的地方晴朗无云
风雨过后大雁就会降落在七色的彩虹上
那时
洁白的茉莉也要快乐地开放在每一个花园里

蓝色的草地

叽叽喳喳的小鸟在草地上嬉戏
一种别样的静寂
一种森林里才有的恬谧
在小鸟的歌声里化为一片飘浮的空虚

蓝色的草地长在触手可及的云彩里
蓝色的草地是蓝天的倒影浮动在清澈的湖水里
湖面平静闪亮
芦苇似远古的兵器排列成行
大雁躲避着潜伏的危机
睡在飘浮的云朵上

少年要走了
骑上健壮的蒙古马
离开蓝色的草地
寻找一朵小花
在白色的山顶上
在绿色的田野里

山的影子

走进了山的影子在一个春天的早晨
凉凉的山风吹着面颊
阳光转到了山的另一个方向
纱裙在风中瑟瑟地飘动
夜色朦胧了眼睛

采摘一朵山下的雏菊
送给太阳
太阳热爱生命

山那边的风吹来
暖暖的
像一块轻柔的海绵
山那边的阳光一定比这边的温暖

攀上这座山峰
应该能够看见美丽的蒲公英在山坡上飞翔
还有彩虹张开的翅膀

柔软的长纱裙攀上岩石层
变成一片飘浮的白云
将身影投射在
脚下的山顶

乱乱的发型

水中的棉花
花上的露水
哪一个更像今天的发型
乱乱的头发
带来轻松的心情
不必穿着整齐就可以出门
乱乱的发型
带来自由和快乐
无拘无束穿上牛仔裤

故意从你的门前走过
抬头挺胸
偏要在你的窗前停留
脸上堆满灿烂的骄傲和笑容
发丝上有一只甲壳虫
细细欣赏从未见过的发型
蕾丝边上有一片花瓣
正在假装清高地感叹

窗户打开了
原来你在窗内吐烟圈
门开了
走出来一个一脸胡须的男子汉

在雨中行走的女孩

在雨中行走的女孩
没有悲哀
长发飘飘牵扯着云彩
雨水淋湿了阳光的羽毛
绿叶敲打松软的鸟巢
女孩的花篮里装满了一颗颗野葡萄

秋天是童话的故事
夏天是现在的歌谣

女孩在雨中行走
长发飘飘
四周是蓝色的气泡
红色的瓢虫从青果上滑落
摔下了树梢
雨水浸湿了绿色的裙子
女孩好像湖泊中的一条柔软的水草

绿草青青的春天

剪短冬季的光线
粘贴在夏天的夜晚
风从这里吹过带走了正确的时间
站在地平线上遥望极光在远方出现
那里已经是秋天

看不见海上的小船
浪花淹没了视线
只好用剪刀不停地修剪
修剪夏季和冬日的白天

黄叶飘飘的小路
通往寂寞的荒原
偶尔
偶尔也会经过
花香飘荡的地方
绿草青青的春天

秋日的身影

秋日的身影在朦胧的雾中逐渐清晰
秋天的美丽在秋雾中那么淡定
昨天
一队低飞的大雁排成人字形从头顶飞过
它们就要离开
离开北方准备过冬

秋日的身影逐渐清晰
凭直觉感到熟悉的秋风临近
湖面的波纹
花朵疲倦的面容
褪色的小草
晴朗的天空
都在描绘秋日的身影

秋天飘然而至
秋光漫漫地移动
游过河边的细沙
染红了
窗边白色的山茶
染红了
床边那条旧日的小手帕

多么美丽的秋天

打开窗户
又见一个多雨的秋天
多汁甜美的果实悬挂在树枝上
肥肥的鱼儿正在河水里游荡
松鼠搂抱着大大的松果
田鼠正在建造自己的暖窝

秋天里的星星更加闪亮
淡紫色的光泽反射着秋实的颜色
热情的红叶笼罩山林
映红了天空
映红了山坡

绿色的荷叶在微凉的秋水中漂荡
秋雨后的田野弥漫着芳香
快乐在风中轻轻地荡漾
一朵秋菊
微笑着
落在窗台上

墙外的野苹果树

又是一个秋天
苹果成熟的季节
墙外的野苹果树把树梢伸进了花园
小小的青苹果挂满枝条
在晨光里顽皮地笑

相隔数年
苹果树长高了
引来更多的小鸟在秋天里欢叫

我从未采摘过一个苹果
任青青的苹果长大
坠落
再变成泥土和肥料

四季轮回
循环出一次又一次生命的周期
记忆
在秋风秋雨里
重复着感动和美丽

雨停了

雨停了
天蓝得晶莹剔透
偶尔有排列成行的大雁飞过
荡起阵阵无色的涟漪

天空是飞翔的鸟儿的世界
让池塘里的鱼羡慕
却只能
只能无奈地在水中仰望自由的天空

雨停了
花儿在湿漉漉的空气中又一次绽露美丽
在晴朗的秋色里为蓝天欢呼

阳光照亮雨水滋润过的大地
背着沉重负担的蜗牛急忙躲避
身后留下粘粘的痕迹……

森林的私语

金黄的秋叶在风中沙沙地摇摆
秋阳穿过叶子的缝隙轻弹林间的草地
鸟儿归巢喧哗出一首秋天的圆舞曲
闭上眼睛倾听森林中的私语

山谷朦胧了轮廓
山泉唱着清脆的歌
美丽的精灵踏着小溪寻找委婉的琴韵
黄鹂重复森林里的私语

一遍一遍悦耳的声响
一年一年秋天的模样
握住秋的手
漫游叶脉上的时光

秋叶飘然而落
散满青翠的山坡
敲打着桔红色的野果
漂染褪色的夹克

秋天悄然而过
镌刻风光旖旎的秋波
在森林的私语里
留下悦耳动听的
情歌

芬芳溢满的花园

那里曾经是一片沙滩
荒草在寒色中颤栗
罕见苍翠与炊烟

一个芬芳溢满的花园
在诗歌中落入老树枯藤之间
淡漠夸张的寒凉
花香浸透衣衫

幽静的峡谷在晚霞中出现
芳菲飘逸松柏参天
雍容皎洁的月光凝结在岩石上
峡谷的水面栖息着一缕天香

抖落一身疲惫
走进芬芳溢满的花园
飘渺的旎丽风流出欢畅
姹紫嫣红的色彩
在愉悦中翱翔
在花香中盛放

等　待

书写春秋的美丽容颜
在时光静静流淌的河边
枫叶飘落几时能还
要不要再等待又一个春天

相信四季的变换在风风雨雨之间
人来人往留下无言的遗憾
仰望天空情愫连绵
快乐飘浮在云水之间

过去现在不是未来
未来
等待在时光的河边等待

不必伪装

卸下淡妆
换上宽松的衣裳
面对轻松真实的自己
因为
此时
只有月亮

歌　声

歌声飘落自遥远的星河
屏住呼吸重复歌中的迤逦
默默地数到十九
那是我们相遇的时候
那年
快乐坠落云朵
停留在心头

天空上有很多的传奇
哪一个是属于我们的惊喜

牵手
牵手在浪漫的季节
离别
离别在无语的时候

你就在那个地方

淡淡地唱歌
微笑着写诗
站在人生的舞台上悠然自得

爱你一千年太久
爱我五十年足够
爱情并不完美
眼泪只能重复悲伤和忧愁

风舞动尘土
花朵采集微笑和轻松
虽然从这里看不到你
但是
你就在那边
就在
那个地方!

暖　冬

花仍在开
雨有时会下
打开窗户外面的景色还是郁郁葱葱
暖冬
多少年一次的幸会
心中畅想着春天

在这里花儿盛开在冬天不是奇迹
在这里有一个温柔的世界
你是否也这样认为留在这里是一个不错的选择
你是否也这样考虑留在这里
选择一个温暖的冬季

雪花飘落在遥远的西方
零下几十度的严寒
却是我曾经
曾经十分留恋的冬天

岁月一瞬花开了

一曲高山流水
却无儿女情长
我的世界不是白与黑
色彩和线条丰腴在梦里梦外

潮湿的春天沐浴美艳花瓣
清爽的夏夜闪烁点点萤光
不爱海棠不语荷香
却喜飞雪花如玉
朵朵清香
错过春风秋雨美
岁月一瞬花开了

丹麦童话

从那里归来
带着一本童话
披着北欧的冰雪
装满丹麦的鲜花

小小的美人鱼渴望大海
那里
那边
有海水样的家
故乡在目光所及的地方
地平线上的光芒是心里的太阳
丑小鸭长上了一双翅膀飞回故乡
基因里的密码刻着东方的字样

描画一只大鸟
在天空飞翔
留下几片足迹
反射太阳

一季的美丽

花香一季春风秋雨
蝶舞翩跹双双艳丽
难忘秋雨花败冬季
记忆小河串串水滴

这里的冬天那边的雨季
思念缠绵婀娜的小溪
一季的美丽传达缤纷的消息
无所谓究竟
人在哪里
你送我一季的恬谧
我还你
还你百花灿烂的雨季

情　书

在心里抒写了几遍
收藏了数年
月光漫漫漂浮在海面

恋情就在那湖泊晶莹的水面上
在那遥遥缈缈的星空里
在那玫瑰悄然飘落时
在那在那转身的一瞬间
你来了
穿过人海
你来了
带着难以启齿的诺言
情书一首唱着思念
唱着爱恋
唱着永恒和短暂

我明白你的心
情书中的缠绵
不过是闪亮的露珠在阳光下灿烂
收下你的情意
守候一个诺言
祈祷爱情非常完美
却也知道
花开终有花落时。

到一个美丽的地方去

这里没有花园
白雪覆盖青山
黄昏的时候鸟儿回巢
惊动干枯的树梢

进化中的情感
没有基因的突变
千年风化的河卵
皱着难看的容颜

你一步步走来
从那青山的后面
带着月亮的灿烂
叮叮咚咚的山泉
到一个美丽的地方去
色彩点缀四季的变幻
阳光星星点点
好似茉莉的水彩画
染红了衣衫

走过小河
走过山川……
小小的茉莉稚气地笑着
在遥远的童年

春　天

花仍然如此鲜艳
雨还在天边盘旋
听说灰色其实是白的光

醒着
在心灵的小屋里
睡了
在黄昏降落时分
美丽在不完美的地方出现
快乐在悲伤的时候走远
季节变换
雪化了就是翠绿的春天
请你
请我
都不必伤感
因为看到了雪就看到了春天

中间有一片海

已经走了很久
以为你一直都在左右
停下脚步转身的瞬间
看见了荒芜的戈壁滩
飞翔了很久
忘记了岁月的忧愁
以为
你一直都在左右

中间有一片海
分开了情与爱
中间有一片海
把你留在了曾经的少年时代

哪里有无暇的云朵
哪里有缤纷的小河……
森林的物语唱着一首遥远的情歌。

未出版的书

不需要美丽的词藻拼搭出一座桥
通往彼岸的花园
遥远的小岛
不需要华丽的文字搭建出一条大道
通往你心中的城堡
神秘与高傲

写一本书给自己
用最简单的文字讲述春华秋雨
写一本书留在心里
不必印刷也无需在书店里留下痕迹

写下这样的书留给自己
写下这样的书保留一个回忆

那里的村庄很安静

北方的星星羞涩地眨着眼睛
忧郁的池塘漂浮着薄冰
冬季的清晨没有鸟鸣
寂静的园林是一个美丽的梦

从前花朵在那里盛开
小草在那里谈情
落叶在那里跳舞
伴着飞花吟唱的声音

从这里望去是北方的天空
天空的下面有美丽的梦
遥遥的春水唱着黎明
星光踩着薄冰...
那里的村庄很安静

小雨里的黄昏

松软的土地贪婪地吞噬着雨水
落日的余晖融合了雨滴流进土里
黄昏的离去似乎显得比往日匆忙
因那土地的松软与贪婪

在渐渐失去的晚霞里
一只迟归的小鸟逗留在天际
她身后的背景是明日的晨曦

雨水落在脸上像极了你眼中落下的泪
轻轻地滑过带着忧伤和惋惜
小雨里的黄昏离去的比往日匆忙
黄昏匆忙的身影消失在灌木丛里

仰望天空出现的第一颗星星
她微笑着
微笑着等待黎明

淡雅的小花

一缕阳光下
你温馨淡雅
柔蜜的幽香散发出恬美的气场
远远望去静谧中不乏丰韵
妩媚下不失端庄
淡雅的小花在清晨开放

走近你发现阳光
走近你感觉明丽与芬芳
在蓝色的晴空下引来小蜜蜂欢唱

爱你的人在落叶的路上穿行
不爱你的人眯起了眼睛
爱你的人在窗外私语
不爱你的人在远方窃窃回顾

在几点绿色中
你依然美丽
无论有没有小蜜蜂飞来飞去

窗外
窗外有一片绿色的草地

甜甜的秋果

鲜红鲜红的太阳染红了秋果的衣裳
秋果中的小虫饱尝果汁中的蜜糖
甜甜的秋果在微风中摆动
阴雨随之消融

秋果听到自己心的声音
赶走那条小虫是一个美丽的错误
应该留下那条小虫
一起过冬

青藤的爱意

柔软的绿伏卧在粉色的胸襟上
倾吐无语的缠绵
附和更粉色的花香
你在哪里
那柔软就攀附在哪里
你在哪里
柔软的绿就相拥你的美丽
因为
因为思念总是沿着惯性而去

灯火阑珊又黄昏

长长的古巷青青的瓦房曾经是故乡
柔软的窗幔屋顶的灯光都是希望
幻想在古巷延伸
时间是古老的脊梁
古老其实并不沧桑

遇见熟悉的身影在古巷的深处
转身却是自己的脸庞
青青的瓦上留着一片灯光
灯光里坡脚的黄昏在小街上游荡

古巷漂泊在粼粼的夕阳下
看不清模样

青春是一条丢失的彩色围巾

把色彩漂染在时间的围巾上
包裹住明亮的眼眸青春的项颈
围巾在春天里遗失
当我们回来的时候

时间的色彩好像彩虹般绚烂
彩色的围巾丢失在时间的外面
年轻的双手挥舞着色彩
任凭风儿褪去年轻的容颜

当我们再次相遇的时候
就会想起围巾上的丝丝线线
当我们再次相见的时候
围巾早已丢失在绚烂的春天

最浪漫的事情

当我写诗的时候
请留在我的身旁
默默地看着我
守候静美的时光
在我写诗的时候
知道你美丽的眼睛正望着我的背影
在灯光下闪烁着温婉的柔情
那将是一件多么浪漫的事情!

今生只为你写诗
只为你一个人
只为前世的思念
和一件最浪漫的事情

你的浪漫缓缓地穿越远古的时空
叮叮咚咚的声音是不是你的诗歌正在星际中穿行

美丽的小鹿

花儿弯曲了花瓣
小鸟折断了翅膀
清澈的眼眸流露出无言的感伤
雪悄悄地融化在明年春天的时候
小鸟也会回来忘记过去的伤痛

茫茫的原野上有冷风吹过
冰雪幻化出一只美丽的小鹿
冬天的星星更加冷漠
弯曲的花瓣已经消融

美丽的小鹿是心中的感伤
在雪地上跳跃着寻找小鸟折断的翅膀
春天在哪里?
在白雪消失的方向还是鲜花盛开的地方

漂泊的人

多年相别一朝相聚已经生疏了彼此的情谊
青云淡水留下了深深的痕迹在你我的梦里
那静美的远山在湖蓝的晴空下等待漂泊的人归还
雀鸟的欢愉在山里回旋
从未停下过流浪的脚步同行的只有雪花和细雨

你可见过大海的潮汐
你可到过远海上的岛屿
我从东方走向西方
你从这里走向那里

我继续我的漂泊
你停留在过去
也许有一天可以与你再次相遇
也许有一天
我们终将忘记彼此和过去

足　迹

有些明亮的光泽刺痛了眼睛
鸟儿的鸣叫提醒我已经是清晨
阳光反射到雪地上又折射进纱窗
昨天晚上忘记了拉上窗帐

几只小小的脚印从窗下走过
应该是喜欢窥探的狐狸昨晚光顾过这里
披上衣服走进雪地眯起眼睛寻找你的踪迹
双脚深深地陷进雪里感到一丝清凉和寒意

很多年已经习惯一个人走在雪地里
今天却很想见到
见到另一行足迹

香氛河畔

飘香的雨水落入峡谷浸透了百合的香氛
缓缓流淌的水面上漂浮着静谧的香
河水展露出花样的笑脸
百合的倒影在香氛河畔卿璇

走进迷人的芬芳看见小鸟和粉红色的花瓣
已经融化的冰雪散落在绿色的河边

你又要走了沿着香氛河畔
这次
这次请你带走
带走一片美丽的花瓣

会跳舞的木偶

裙摆轻柔飘动
是不是又到了春天的时候

最甜的是春天的空气
最漂亮的是春天的衣裳
站在窗台上歌唱

听小虫的呼唤
听听花朵在春雨中的感叹
去年的秋叶为何还在树枝上旋转
所有的快乐都走过了冬天
所有的烦恼都凝固在冰雪的下面
木偶打开一扇窗
圆圆的圆圆的好像太阳的脸

淡漠的天空讲着绿色的故事
雪人已经渐渐地远去
翠绿在窗外呼唤
裙摆轻轻扬起
木偶跳起了舞蹈
在窗台上
在草地上
在飘落在草地上的黄丝带旁

轻柔地歌唱

清清楚楚的一道光在黑暗里闪亮
好像剧烈奔跑时的一口氧
初春的早晨还没有太阳
唯有那道光在轻柔地歌唱

一个又一个节日
一次又一次远航
周围的人越来越少
同行的人越来越无聊

听着音乐写诗
带上氧气奔跑
春天的原野在空气的泡沫里逍遥

原生态的音调

红酒的色彩淹没了春潮
在纯文学的保留地里找寻原生态的音调
诗歌不是杂草是美丽的童谣
灵感给生活穿上鲜艳的裙袍

韵律的唯美无比飘摇
透明的空间漂浮着水草
清新的空气在早上轻荡
充满水草的味道
那曾经的原生态却是如今的奢望与高傲

爱情像一条装满痛苦的小船

太阳烘烤着春天的绿芽
爱的尸骨在炎热的草原上干枯
贝雷帽下的蓝眼睛是阳光中唯一的生命

吉普赛人的花边裙在那个女人强壮身躯上摆动
什么是你心中的秘密
秘密
在心里还未生成

情感是一条沙漠中的小路
爱人们在烈日下奔跑
在草原的深处把枪口对准自己的头颅
爱情像一条装满痛苦的小船
驶过草原
沙漠
在那里干枯

天堂雨巷

彩虹的彼端是天堂雨巷
青青的小草缀满馨香
雨巷的那边是天堂
梦里的故乡有一个天堂雨巷

湿湿的小路亮亮的灯光
弯弯曲曲通向远方
谁是你的同伴
已经忘记了那把红油伞
谁是你的永远
才能走进
你的雨巷

倩影徘徊在彩虹的那端
梦中的雨巷湿润了眼眶

春天的思念

春就这样来了
带着湿润的风

没有雪的冬季也有一点寒冷
瘦瘦的小草不曾干枯却也裸露着硬硬的脊骨
当寒冷随春风而去繁花就在枝头

远山由墨绿色转为浅蓝
好像大海的潮汐漫延到山边
俏丽的花伞遮住了羞颜
分不清是不是那一年的春天

南国的雨季就要来临
雨季的南国漂浮起春天的思念

背　影

走了
带着忧郁的目光
远航的船已经为你起锚

背负着沧桑在雨雪中远行
汽笛催人心弦
泪水流下脸庞

走了
背着沉重的悲伤
却又不忍心离开家乡
多少次离别又恋恋不舍地回来
多少次离开卸下沉重的悲伤
在远方

很想拥抱你的背影
告诉你
留下吧
或者带我一起去远航

你走了，带着犹豫的目光
走吧走吧
哪一天能够再次见到你宽阔坚实的胸膛

丢失的月亮

拂晓的太阳剪短了黑夜的翅膀
月亮丢失了半个脸庞
玲珑的晨曦披着轻纱缓缓地走来
花自盛开春自到来

古砖青瓦旧雨云烟繁华了昔日的容颜
绿草黄花轻盈柳絮又是一春的惊艳
清凉的秋雨还在指尖上颤抖
古城墙上的小草已经探出头

骑上旋转木马总是追不上时光的步伐
岁月荏苒还不曾白了少年头

拂晓剪短了黑夜的翅膀
不必寻找
寻找已经丢失的月亮

花还没有开

河边的风吹散了柔软的长发
为什么不戴上帽子你轻轻地说话
手掌上的温度还在手背上停留
这样很难决定离别的时候

河边的风无法留住嘴角的微笑
眼睛里只有长久厮守的疲劳
湍急的河水急急地东去汇合春潮
春水流淌着一点点烦恼

花还没有开新年已经来到
很快会在机场分手
你飞向北方
我飞向
飞向春潮

很多年以后

知道你会生活得很好在很多年以后
因为黄黄的泥土是这个生命的颜色
不知道你是不是快乐在每一次太阳升起的时候
因为有很多次太阳升起在阴雨连绵的天空

其实无论怎样春天都会来临
阳光都会点亮黄土地上的希望
不需要回答生命中的每一个问题
也不必阐述已经封存的梦想
因为生活是一首不太和谐的合奏
有的音调能够准确地表达生命的韵律
有的却不能

不知道你能不能想起我们曾经有过的快乐
在每一个太阳升起的早晨
知道你会生活得很好
在很多年以后

目光可极的地方

流浪人的心灵也有归宿
有时会想念那边的一树一叶一草一木
偶尔也会思念某人的一颦一笑一举一动
时间划出了流浪的途径
也雕刻出永久的伤痛在流浪人的心中
寄居异乡渴望根的延伸血液的流畅
家乡就在目光可及的地方

轻柔爵士乐里的DJ

如果有人跳起伦巴舞我会把音乐调到最小声
如果有人弹起了爵士乐我会跳起轻快的舞步
轻柔爵士乐里的DJ有一双美丽的眼睛
在键盘的起伏里闪耀着点点欢欣

晚会开始了
音乐在指尖上跳动
音色的冷酷冷却了沸点的感情
音乐结束了
舞曲在月色中消融
星星化为天上的休止符
笑容
笑容变成音乐的结晶

乞力马扎罗山上的平原

跟着苍鹰来到这片平原
乞力马扎罗山上的平原
稀有的灌木在阳光下蓬勃繁衍
玛雅的神话在山顶盘旋

谁在蓝天上种植了太阳
又用轻纱包裹住白昼的光芒
才使灌木快乐地生长
神话点亮了太阳

天堂之窗在山顶上敞开
神秘的苍鹰跃过蓝天留下几声呼唤
自然之光笼罩着乞力马扎罗山
山上的平原呈现出绿色的浪漫

脱下轻纱织成的长衫
铺在灌木繁衍的平原
裸露出风样的躯体与晨雾一起飘散

自由的小鸟

你说
还记得吗
也是这样一个甜美的春天
阳光像金丝般洒满花园
你带着小狗来到我家的门前
狗狗抖落一身的泥巴弄脏了花朵和清洁的台阶
你睁着一双无辜的眼睛惊慌地望着我
脸上的泥巴在阳光下好像几朵鲜花
从那一刻起我就爱上了你
一个像小鸟一样自由自在无拘无束的女孩
看着你飞翔背影矫捷
我无法跟上你的步伐

你仍然习惯睁大一双无辜的眼睛
却不再惊慌地看着周围的世界

在又一个甜美的春天里
我想起了那一年的春天

草绿色的墙壁

悄悄地走了
没有留下一个字和一幅画在那面墙上
阳光依然从墙上滑过在每天黄昏的时候
小雨有时会飘落无声地感叹如今的寂寞

墙上的绿色让我想起春天的草坪
如果再有黄色的蒲公英花那就是我们相遇的季节和颜色
可是
可是蒲公英终将飞向远方
可能
可能我们相遇在一个错误的时候
也许
也许春天你还会回来
留下几朵蒲公英在草绿色的墙壁上

春天是诗的季节

每朵花都是一首诗
在春风吹过的花园里

春雨熟悉的旋律敲打着窗户上的玻璃
梦微笑着说那是一首雨滴圆舞曲

诗的季节里装点着多情的美丽
梦中的神秘就生长在春天的草丛里

忘记了去年冬天你写的一首诗
春天的早上优美的诗句又飘回脑海里

你怎会离去
脆弱的情感早已被连接成串串的雨滴

花的海洋

在一片花的海洋里找到了你的踪影
你的身边有一张苍老的容颜
从梦中惊醒
原来还是花一样的笑脸

走近你时光好像流水撞击着青春的情感
走近你满天星光灿烂

猜一猜为什么你还在我的心里徘徊

想着你在花的海洋里
望着你在窗外暖暖的夜色里

古老的开罗

小船在港口的波浪上摇摆
等待沉没在水下的光环
幸免于蒙古铁骑摧毁的开罗
街道上仍然保留着中世纪的模样

比金字塔还要古老的情感逃离了沙漠的吞噬
登上了小船
青蛇般的丛林把小岛分成了两半
一半留在海里一半送给了明天

一个人行走在中世纪的街道上
穿著古老的服装
那是比古老还要古老的情感
又回到了今天

湖畔小屋

风吹动着窗帘
小雨复活了墙上的花朵
春意在空气里欢愉
心情舒展无形的美丽

人在哪里
梦在哪里
花在哪里
春就在哪里
因为你所以湖畔的小屋更翠绿

每次远行归来
都会在湖畔小屋里
等待你的消息

美丽的事物

喜欢美丽的事物
一弯红唇
一抹眼影
裙摆上的一朵花，
领口上的一只蝶
房间里的温馨装饰
床上舒适的色彩
都能极轻易地使人快乐

美丽由心而生
诗歌因灵感而跃然纸上
美就在那里
就在目光所及的地方

阿肯色州的昨天

摇摆着星星和月亮
阿肯色州的乡村音乐环绕着碧水和蓝天
学校小路农夫的小屋依然保留在梦里和身边
微笑蓝眼睛洗旧的牛仔裤洁白的体恤衫好像美丽的画面
吉它乡村音乐如今还在校园里回旋
换上旧日的衣衫
回到曾经的校园
你是否还在转身间

会心一笑

时间的一角挂着一个微笑
在四季的轮回里没有变老
会心地一笑花就开了
留下甜蜜的美好

与你
相遇在学校的草坪上
时间的隧道

普罗旺斯的秋天

有一张照片摄于普罗旺斯的秋天
那时薰衣草早已凋零
或是成为瓶中的香料
秋天的太阳仍然温暖
云朵飘浮在远方的天边

法国的南方有一个温暖的秋
还有一个不会西沉的太阳

几笔墨迹

看似淡淡的几笔墨迹
其实充满了春意

雨后的凉爽带来更多的雨滴

水下的鱼儿惊起水面的涟漪
油绿的水草早已忘记了冬季

记忆是天然的本能
怀念是春天生命的延续
虽然没有戴上戒指的手指经常打错字
却也能写下不经意的美丽

墨迹里
墨迹里融合了秋风和春雨

弯曲的月亮

如果四季化成了春雨
时光就变做轻盈的小溪
跳跃着远去
如果心海变成了沙漠
月亮的嘴角应该向哪边弯曲

远远地望着自己
身影消失在晨光里
悄悄地望着你
沙海中唯一的绿地

如何解释沙漠中的小花不再艳丽
月亮弯起翘翘的嘴角
背向太阳
默默不语

彩色的气泡

一树粉红长成了桃李
一朵茉莉描绘了诗意
五彩缤纷的气泡在眼前拥挤
拥挤出一片幻觉似的欢愉

童年的梦
彩色的涟漪
舞动出一片白茫茫的印记

绿色始终是我的最爱
尤其是在雪色覆盖的冬季

流浪人
的行囊里
装满了色彩和空气

如果你问我为什么

这里的四月是采花的季节
那边的五月是种花的时候
樱花轮流开放当星球转动的片刻
青草迟迟苏醒在北国里的春色

四月在我们那里仍然会飘雪
大朵大朵的雪花
在泥土上伸展
等待融化的花瓣
如果你问我为什么
让我想一想
再说

曾经的感情在四月枝繁叶茂
现在的情感要等到更温暖的五月
如果你问我为什么
等我想出理由
就说

冬春物语

冬天的雪还没有完全融化
春风已经迫不及待地吹过池塘
绿色渲染了春天
更孕育了无数的生命
冬雪结束了昆虫的繁衍
春雨又让它们起死回生！
泳池里的绿色
其实就是许许多多的生命

问　题

看见一只燕子飞过屋梁
遇到一只蟋蟀在屋后的草坪上
你从哪里来又到哪里去?
这是一个简单又深奥的问题

不回答也可以
脸上写着很多道理
想一想没关系
明天太阳还会照常升起

蟋蟀折断了一条腿
燕子还在屋梁上歇息
明天是否会离去
要看看伤势和风力

再见吧
明年再来找你
等你回答问题

思念的地方

清晨
如常地走到窗前
听春鸟的鸣叫
寻找春花的踪迹
丰腴的树上挂满新绿和色彩斑斓的花朵
还有蝴蝶柔软的翅膀

远方
冰雪覆盖的家乡
每年此时应该也能见到
瘦瘦的树枝上隐约闪现出的新生命迹象

听说今年的樱花还没有开放
因为小鼹鼠报错了时光

虽然那里还没有花朵盛开
却仍然是我思念的地方

在回忆中忘记

我们坐在同一辆汽车里
从柏林到巴黎去
一路上你都在回忆
我也只说了不到十句
仍旧是冬天的时候
雪色在车窗外闪过
刺痛了我们的眼睛

你终于说话了
还是浓浓的法语口音
知道乡音难改
还是不太明白
这么多年你的乡音都没有一点点改变
分别只是时间的交错
并没有失去彼此的牵挂

可是时光仍在提醒我们
你需要时间考虑
我需要时间忘记

柳暗花明

谁说
艳阳归去风雨无时
总有晴天
雨后的彩虹

那年花落情去
今年春来
挟着一路花雨香风

坐在廊前观赏美丽的云彩
无风云动
遮盖住眼睛里的星星
迷路是柳暗花明的前奏
退却不是海阔天空
没有地久天长
却有风雨轮回的四季
走吧
寻找流浪的脚步
同行

远 行

远行
带着故乡的伤痛
雪还在下
在四月天里

清晨
大雁的鸣叫
惊破梦里的寂静
这样的声音可以相伴心情
从岁首一直到岁末的时候

家乡的春总是晚到
春天的风里飘浮几根大雁的羽毛

蒲公英不喜欢与雪花为邻
远行
要等到春寒消失的早晨

春意早已随云飘来
盈盈的河水也已经报道了春天的消息
小小的蒲公英
你何时
可以成行

这样会很好

有一条斜线划过小路
有一只肥鹅游过窄河
也许还有夏天的快乐
在春天走过
走过绿草茵茵的山坡

学校快放假了
教堂里多了一个旅行者
微风无法吹奏
吹奏一曲
无色的因果

期待夏天的太阳照在身上
有时阴天也会需要一根蜡烛的光亮
无论发生什么
太阳还会
照到院子里的篱笆上

记住带上橄榄油
晚上回家的时候
妈妈烤的新鲜面包
已经放在
放在厨房里的
桌子上

樱花要开了

来路有一条归途
归途上长了一棵树
树不会结果
经常挂满串串葫芦

人总会思念
思念不同的事物
例如花草样的面孔
比如春夏和秋冬

怎样学习忘却
仿佛练习发声
不停地重复
重复放松某些肌肉

樱花要开了
带着去年的雨露
五月是鲜花的季节
不是忘记的时候……

记忆的空地

空置了很多年的土地
盖起了房子
经营了许多年的花园夷为平地
晚霞在车窗前经过
车轮划过熟悉已经不存在的记忆

AndreaBocelli优美的歌声
正在唱着熟悉悦耳的Lavieenrose
远方
淡淡的玫瑰花香
多么熟悉的地方

夕阳在车前闪过
带来干旱的雨季
春天的模样
融化了昨天的太阳

游牧人

温湿的空气软化了
僵硬的感情
游牧人是草原美丽的见证
因为有梦想
所以去了远方
因为是过客
所以
所以总是流浪

河水划分了自由和梦想
飞翔才会看清远方

有些草地浓绿茂密
有些草地长满虫蚁
剪裁一片青云
整理春风秋雨
不问雁去何乡
只恋青青草场
在远方

青 春

相濡以沫
不是谎言
是故事
经久不衰也容易记忆
怎样想念都有自己的方式
或伤到心底
或者轻松地来去

无论怎样
花已经开过
流浪的情感
终究要回到家乡去
人生不论长短
都有
不同的青春和过往

美丽的圣劳伦斯河

我又一次从你的身边走过
美丽的圣劳伦斯河
与我无语地对视
是河面点点的水波
曾经沿着河岸
寻找野生的浆果
曾经静坐在河边
编制少女的花篮

梦在秋色中摇摆
梦在春雨中放荡
走进遥遥的梦乡
一切还是彩色的时光

相信爱情的短暂
却是那样地张扬
抚摸河风的脊背
仍然如此地光亮

有一次走过圣劳伦斯河
在少年翩翩的年代
小舟摇摇摆动水草
圣劳伦斯河里的倒影
是一张漂亮的脸庞

再一次从

美丽的河畔走过

盈盈的河水仍然

流淌着过去的时光

水塘边的小屋

房子盖在了水塘边
雨水经常打湿房檐，
挑剔的燕子
喜欢把巢穴建在左边

房屋后面的草地仍然绿得可爱
偶尔经过的火车
震动窗棂上的雨点
车窗闪过的时候
有没有
一双忧郁的眼睛
正在车窗内
张望

今年春天到现在
花像往年一样悄悄地开放

条条道路通罗马

那里就是道路的终点
你指着所有道路的起点
在古罗马城的一端
多少人梦想到达那里
成为一个罗盘

那是一方富裕的净土
带来幸运和财富
所以
所以人们
汇集到这里
试图从不同的地方
仰望神圣

所以
所以他修筑了一个地方
可以容纳所有的
马匹

也许还有雨

已经描写过雨
在从前和过去
还要讲述水
一个多变的物体

从空中望下去
最柔软弯曲的一定是河流的美丽
顺流而下似一叶小舟
轻摇心曲
无声的喘息
只因遥远的距离

有时水也会休息
在地面绘出湖泊的痕迹
拿起画笔染绿低洼的戈壁
水就到了那里
也许
还有雨

荒凉的下面

在荒凉的角落里
总能见到生机盎然的绿色
一点点一点点
也能唤出最原始的春天

初来的情感，
仿佛分裂的细胞
转瞬间生长成一片花瓣

荒凉的下面
有红色的血液旋转
一潭春水
几片花瓣
丰盈戈壁沙滩

手舞足蹈的女孩

车子从你的旁边驶过
一个手舞足蹈的女孩
初夏的夜晚
你的裙子在风里
好似一朵蓝色的云彩

手舞足蹈的女孩
金黄色的头发好像
星星反射的彩带

手舞足蹈的女孩
在路边跳舞愉快
车灯闪过
你身后的一个男孩

噢噢噢
原来原来
这就是快乐的理由
啊啊啊
原来原来
你就是曾经的女孩

终点在哪个方向

涂抹了一份霞光
连接早晨的太阳
东方和西方
沿着弧线飞行
终点在哪个方向
顺时还是逆时的地方

没有绝对的时空
把快乐和悲伤收藏
脚印一定会消失
当黄沙在大漠上飞扬

身影长长

午后的斜阳
投射出
身影长长
很像早晨的太阳
只是影子的方向
透露出
时光
有谁知道
窈窕的身影
早已经
穿过了城门间的缝隙
留下了一点点声响
风吹过惊动了树叶
云飘过遮住了太阳
只有长长的身影
仍然倚靠着古老的城墙

几年以后

弯弯曲曲的路
终于又一次
把心领到了那个地方
在几年以后

分手的时候
你说不想看到你晶莹的泪珠
想像着
一个孤单的身影在机场徘徊彷徨
犹豫着飞翔的方向

这么多年很快过去了
只有偶尔的只言片语的问候
在每一个节日的前头
你好吗
似乎很难说出口
不想听到不如意的答复
和更多的忧愁

弯弯曲曲的路最终交会在一起
形成许多十字路口
那里就是停留的地方和等待的时候

虽　然

从梦里回来
又是一个阳光妩媚的早晨
多少次来往于梦与现实之间
花与叶子交替地出现
阳光下又是一个灿烂的夏天

感性的你不太喜欢夏天
朦胧不是夏天的特点
可是夏天经常在梦里出现
虽然醒来以后仍然有四季的变换

燕子飞走了

燕子来了又飞走了
在门前留下一地的草根和树叶
春天来了又要去了
留下满园的花草和生命

燕子何时回来完成自己的杰作
当然
天地很大春风化雨
哪里都是家

是谁惊飞了春天里的燕子
捣毁了它的家

一棵开花的草

有人
喜欢把自己
站成
一棵树！
无畏
树大招风

有人
想把自己站成
一座山
化为
永恒
我
只想站成
一棵草
一棵会开花的草
在来年的春风里
吹又生

要走的时候

要走的时候
总是忘了一些话要说
旧时的风雨从眼前经过
要走的时候
总是一个人等车
来往的身影
都是
陌生的过客

留下流浪的足迹
在他乡的小街上
留下
没有说出的话语
在空空的行囊里

异想天开

喜欢异想天开
在温暖的春天
喜欢在梦里停留
让自己异想天开

做一个流浪者
一个无家可归的人
在遥远和陌生的空间里
流连忘返
做一只快乐的小狐狸
出没在夜晚的水边
做一朵孤独的野花
在你的村外
盛开

路边的流浪者
应该很愉快
丢掉了丰满的行装
留下梦想
在身后徘徊

雨后骄阳

这几天很凉爽
没有雨后的骄阳
彩虹的倒影
经常在雨雾里飘荡
还有
还有馨香扑鼻的紫丁香

篱笆下的积水等待太阳
等待雨后的骄阳
照在爬满鲜花的墙上

肥大的蚯蚓在泥土里游荡
寻找栖息的地方
没有骄阳的雨后
很凉爽

太阳睡觉的地方

不知道应该去哪里
有时候
只好让太阳决定流浪的方向

蓝色的诗集在背囊里变黄
裙　揉碎了路上的阳光
星星点点的河谷
陈列在远方

橱窗里的布偶让小女孩幻想
穿上同样的行装
去远方

最后选择了日落的方向
那里是太阳睡觉的地方

美丽如初

留下一点记忆
在经过的风景里
总是忘记树叶的美丽
娇艳缩短目光的距离
与色彩平行而去
度量秋风的手指依然纤细
叶儿浓绿
河水静谧
从春天到雨季
台风的季节仍然清丽

梦回故乡
人已去
小巷雨中
记忆却是如初的美丽

微笑与叹息

当家乡只剩下
两个字
谁能阻止流浪的脚步
没有血脉亲情

路上的风雨
侵蚀了最后的思念
走过的地方都是陌生的字样
那时的容颜
憔悴的记忆
一点一点地
留在了经过的城市
蜷缩在涂鸦的墙壁上
喘息

累了
停下疲倦的步履
寻找一张熟悉的面孔
微笑
叹息

盔　甲

我不为
追随时光
而放下自己的
幻想
也不会
媚笑着面对
苍穹
当不再为了读书
而走万里路的时候
那样的生活就是漂泊

坚强未必有生俱来
软弱的胸口需要
盔甲的保护
当能够站起来
面对利器不再
跌倒的那一刻
盔甲
就做成了

翩翩羽衣

参天的银杏树下
坐着一个少年
那年里的某一天
静坐树下思绪飞扬
龙腾虎跃的画面

走出古寺
带走银杏树的幽香
果实的苦涩
长衫脱去
云上观战局
跃马南北东西
战袍上斑斑血迹
光阴催老银杏
古寺
再遇少年
翩翩羽衣

一半是夏天一半是冬季

风吹过安第斯山脉
淡化了林中的雨雾
南美的蜂鸟煽动上千次的羽翼
使自己凝固在风里
山上的温度
昼夜间从夏到冬的转变
抑制了生命繁殖的能力
一半是夏天一半是冬季
缩短了季节的距离
再一次又一次
去寻找
寻找落叶下面的绿意
春秋的踪迹
在安第斯山上的树林里

故　乡

不语春光
一片汪洋
青山穿着过去的衣裳
遥遥熟语
乡音短长
抖落一树花香

芬芳在廊下隐藏
星光
我遥远的故乡

春天的悲伤

陈旧的文字
在寒风里
修炼出一段忧伤
雪候鸟的翅膀

划过天空的太阳
带走了花香
花落的结局不似静止的流水
悬挂秋天的模样

果实
是春天的悲伤
尘土挂满书房

艳　舞

火烈鸟伸长脖颈鸣叫
红得似血的羽毛
五彩的枝头在叫声中抖落
纤细的枝条

艳舞
生灵挣扎地跳起
光阴消失在溶洞

火焰始于瞬间的碰撞
生灵紊乱了舞步

含笑而过

微笑了
选择了
选错了
悲伤了
苍白的信任和怜悯
从开始就是错误
谁的情
谁的滑铁卢
谁的错

觉醒了
含笑而过

迷途羔羊

也许
从来就如此
也许无意地培育出残缺的
花季

以为质本洁来还洁去
却是迷途羔羊?
风吹干了眼泪
走进了
戈壁

雷　声

选择了怎样的一条路
曾经
一意孤行
走过的荆棘
长满了紫色的刺

午夜里
流血的眼睛
对视残星黑暗

这个清晨
响起了雷声

一只鸟一尾鱼

用情感筑起了长堤
贮满雨水
漂浮在水面上的一尾鱼
囚禁在水里
放弃了飞翔
退化了羽翅

水干了
废弃的湖堤
仰望
天空还在
永恒的双翼

你是上帝送来的天使

总有一些孤独的时候
人生的旅程
总有一个朋友相伴左右
同行
你是上帝送来的天使
让我安静
一个相距遥远的朋友

你随时都可能离去
也无时不在我的身边徘徊守候

月光恋人

幽静似水
轻柔如云
吹来远古的清风
夜色里的万能
雪域高原的雄鹰

轻袖拂面
洗尽红尘
远方的月光恋人
睡梦中的亲吻
触手可及的情人

卷起黑夜的秀发
你就在对面的烟霞
揭开神秘的面纱
你就是今晚的梦乡
甜蜜的家

啊！
月光恋人
雪山上的莲花
披着
待嫁的婚纱

古体诗词

江水多情时

冬雪消失春潮涌
大雁北飞暖流归
再遇繁花叙春景
窈窕秋水化雨回

彩云扶摇恋晴宇
一朵丹青绘妩媚
遥望春江长袖舞
最是江水多情时

雕　像

清晰一座雕像
淡淡一朵闲云
和风绕梁而过
谷草轻盈绿波

小雨落地无声
环环涟漪玉镯
雨荷娇娇婷立
幽幽尽染清波

小河弯弯而去
雕像静卧山坡
行行绿荫霞影
韶光零零落落

雨后河塘

星星点点　波光盈盈
一池清水　雨后河塘
漫步水边　和风徐徐
记忆油然　细语情深

夏夜清凉　池水荡漾
荷塘月下　飘然梦乡
欲语还休　渔火微光
篷船静物　藕白荷香

经　年

几年一世空凌守
万羽桃花一日羞
几度春江悠然去
再浮经年落花秋

秋　韵

秋风徐徐苇醉卧
白云青霭送船歌
数尾幽雁轻如羽
艳影过后荡碧波

雪　花

风扬秋水浪淘沙
清凉雾雨落凡家
晶莹本是无形物
一旦飘零就是花

莫　愁

莫愁西楼孤雁寒，
一曲相思念婵娟。
南柯一梦花如锦，
来年春色不夜天。

寒　山

醉入寒山人如仙，
半杯陈酒送婵娟。
轻吟一曲西江月，
半醉半醒阅诗篇。

雪　梅

雪舞娇柔梅花红，
几缕馨香悦三冬。
挥毫轻书寒江雪，
数笔丹青腊梅中。

一朵花

茶暖心房笔作画，
轻倚纱窗影落下。
虽知冬阳也和暖，
仍盼春天一朵花。

青　藤（一）

青藤漫无语
红粉乱人心
朝夕情相许
秋水唤花魂。

青　藤（二）

莫道秋风摧花残
鼓乐寒星轻倚栏
遥望明月多知己
一花独放近春天

青　藤（三）

难忘秋云风雨轩
相思翠绿水波澜
红粉依然绘知己
青藤却恋一片天

青藤（四）

花羽粉黛醉琼筵
夜雨风生不禁寒
晓月当空喻知己
不叹馨香探花颜。

江南烟雨（一）

雨洒清幽柳枝飘，
堤岸碧翠步逍遥。
两情相悦江南雨，
一片红云俏眉梢。

江南烟雨（二）

细柳轻盈漫弯腰，
烟雨朦胧雾窈窕。
倒影娉婷逐流水，
两朵红云雨中飘。

水调歌头

情醉楚垂柳，饮酒阅诗篇。叶青春近花惬，光阴逝无还。演奏露霞风韵，幻想狂云恋曲，花落难再言。皎洁月凄冷，妙语叹寒烟。

笔抒情，添美艳，又繁红。月归景转，人瘦笛亮情缠绵。闲可双双寻梅，夜晚抒怀阑珊，舞罢数流年。梦境朦胧雨，春可艳云烟。

南乡子

嫣笑请桃仙，长夜箫声吴燕欢。弹曲绿萍丝绢舞，青原，数盏宫烛亮月环。

风韵寓高洁，鬓发姣青美玉娴。遍地艳花鹦戏翠，画帘，罗裙红香不暗淡。

一剪梅

陈酿青酒润眉梢。心就轻摇，春就风骚。湖上烟雨魅窈窕，花又妖妖，藕又姣姣。

来日轻松数旧桃。琅自烟消，情自香迢。余音瑶柱雨还潇，调了阴晴，忘了今朝。

蝶恋花

斜照梨园花似朽，品尽夕阳，尘絮浮衣袖。跃下枝头独自走，未尝梦里春情诱

沉寂风华今忘久，退去孤痕，来处竹帘丑。蝶恋晚霞舒卷厚，晴明归燕仍娟秀。

春江

紫雾清幽春水秀，
江上渔翁又泛舟。
纤网捕获春江曲，
笑看一船丰收歌。

晨曲

雁儿归来鸣晨曲，
情韵欢愉画外音。
娇颜悦色此时有，
一路清风到天明。

雨　荷

寂寞雨荷点点绿，
舞风水悸花难栽。
笑言春暖伊人去，
不语粉荷独自开。

韵风雅

云行无痕人已去，
花开不败情自来。
春桃唱尽花如锦，
风雅音韵醉瑶台。

菩萨蛮

旧桃焚尽花开艳，春华静漫莺歌远。鱼游眺瀛洲，雨情绣翠回。

暗芳呈彩恋，环绕秦筝畔。满院清滢声，夜香思意兴。

木兰花

春兰绽放池塘玉，乱雨丰盈千亩地。绿苔菊景望秦楼，羽燕戏河多尽意。

江边渡口佳人聚，散落秋云蝴蝶泪。舞曲欢语节拍音，弹落月光鸿雁醉。

苏幕遮

艳阳春，虫落地，轻絮浮飘，飘尽灯花碎。花悦墙头芳香草，却坐长亭睡。

泛舟行，漂雨星，燕唱楚天，美画吟人醉。昨夜忽闻山峦语，萧瑟朦胧，绿岸观烟退。

虞美人

见枝已现花形蕊，再度蝶飞起。雨浮荷叶一缕情，许久还乡，音貌已无踪。

春鹏秋燕情桃粉，阅历沧桑远。倚栏抚韵倾蓬莱，美艳淑娴，荷叶舞谁痴。

阮郎归

路闻清酒香春眠，心花催陶然。梦捉风絮雨随烟，红丝添旧颜。

春雨下，小河宽，鱼欢青翠泉。鹤来端酒燕飞旋，梨花带泪还。

卜算子

窗外燕轻喃，寂寂春声艳。雨后天虹逢美人，妆点鸳鸯影。

歌女慢抚琴，柳绿红情梦。曲尽言欢月满圆，谁与春花度。

浣溪沙

笛鸣清音落玉环，香莲窕影绘依然，静听窗外水吟声。
月夜寒星多寂寞，鹅黄谷雨淡描新，金花杨絮始于春

点绛唇

雨落无云，纵情横渡江边柳。瘦湖翠景，山峪凝春韵。

数尽繁星，古桥烟弥漫。蝶痴舞，紫云飘过，一路飞花雨。

踏沙行

留恋云烟，斜阳天幕，异乡何觅芭蕉处。
登高听雨望船游，竹乡绣楼黄莺去。
鹊桥缠绵，宛如仙景，临风晓月秋雨住。
离歌婉唱醉花露，红颜饯别潇湘月。

减字木兰花

抒怀浸墨，亭下翩然芙蓉艳。色调娉婷，坠落花颜倾桃仙。

梦园谁醒，院落箫声音不远。再数经年，悦色灯阑夜夜繁。

小桥流水

（歌词， 自由体）
桥下流水，月夜霞影，光阴沉沦，
桥上风尘，凤辇子舞，怨恨情深。
人云亦云，斜阳残照，春声仍主宰，
碎雨清风，不尽流年，声声还怨怨。

一盏愁，几时休，
醉浮萍，顺水流，
光聚合，情短长，
泉水潺潺贮时光。

人来人往，蝶舞花香，
望流水，
桥下桥上都有痴情
好时光。

春　雨

小城沐春雨，
卿卿飞鸟急。
雨声凝露水，
滴滴唤生机。

念奴娇

草梅青了，似娇娇过客。春鸣黄鹂。借段东风吹秀发，盼友人长亭外。几次离分，从容寄曲，雨燕笛欢愉。云消船去，一人潇洒游春。

谈笑水墨轻描，从容云雀，亭阁声声乐。刻画东方风光韵，书信香梅花又回。镜圆无愁，风云重现，故里听蝉鸣。影轻轻过，竟言无语情话。

采桑子

月儿隐影西平久，长景流连。慢舞轻还，喜闻琴声带醉弹。

云儿叙事人依恋，微雨船边。繁景连绵，离岸园中笑语喧。

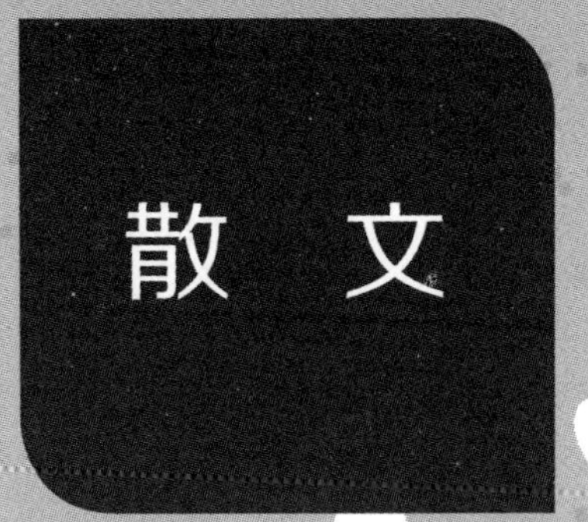

散　文

雅叙一堂

路过那家小餐馆，“雅叙一堂”赫然落入眼帘。小小的店门，几张桌椅，竟也雅致有序。里面几个客人正在轻声细语地边吃边说，不见了中国人喜欢大声喧哗的习惯，想是因那店名的威力，才让轻易不小声说话的人们一下子变得优雅起来了。环境和名称确实是很好的老师，任谁见了都要彬彬有礼，懂得尊重自己，也懂得尊重别人了。

娓娓道来

台湾总是能让人获得灵感，虽然台北市区的污染让我感到有点儿呼吸困难。夏季里，台湾的花还是那么美丽，雨就失去了冬天里的温柔意境。此时经常豪雨滂沱的台湾，仍然有着独特的魅力。音太郎，我的另一个好友，台北人，男性，开了一家日式发廊，起名为威廉，当然这也是音太郎的英文名字哦。今天太郎来电，邀请我与他们一起去离台北大约40分钟车程的基隆港的夜市去吃海鲜，美味相当诱人，可是我还是谢绝了太郎的好意，决定留在台北。当太郎知道我的身体不适，所以也决定留在台北陪伴我，改天再去基隆了。

天　使

我在纽约第五大道边上买了一个热狗，一个女人走过来问道：纽约的热狗好吃吗？还不错！我回答。一会儿，这个女人也买了一个热狗，走过来和我一起吃。

我今天刚从英国到纽约。她边吃边说。

我昨天刚从加拿大过来。我说。

我一个人来纽约，老公留在英国。她说。

你的热狗好吃吗？我问。

不错！她说。

一会儿你去哪里？她问

吃完热狗回酒店打几个电话。我说。

你住哪个酒店？她问。

就是身后这家酒店。我回答。

一会儿我想去时代广场。她说。

你去不去？她又问。

对不起，我要回酒店打几个电话。我说。

你喜欢看电影吗？她问。

喜欢！我回答。

因为看见你吃热狗，所以过来找你，现在我们一起吃热狗，好像两个熟悉的朋友。她说。

谢谢你陪我吃热狗！我微笑着说。

现在我要回酒店了，如果你要去时代广场，最好晚上去，因为有漂亮的灯光。如果你想看电影，前面有一家电影院，正在上映美国新片。我临走之前又对英国女人说。

她带着一个十分灿烂的天使般的笑脸离开了。

第二天早上，朋友开车过来接我，上车之前，我四处张望，希望能够再次见到那张亲切美丽的，天使一样的笑脸。

在春天的美景里

在咖啡店的外面，又一次遇到了Mike，一个高大的，印度裔的加拿大人。以前，他是教授，在大学教数学，是一个非常聪明的男人。现在他正在和朋友学着做生意。可是做生意好像是Mike的弱项，因为他看上去不像以前那么自信，而且好像很疲倦的样子。朋友，你看起来很不错！他说。谢谢，可是你看起来不太好哦。我回答。唉，最近生意不太如意，这两天正在帮别人开车拉货呢。Mike没精打采地说。为什么不回学校教书呢？我关心地问。已经有几年没教课了，也不想再回原来的学校了，先这么混几年再说吧。Mike好像很无奈的样子。你现在去哪里？Mike问我。正要去咖啡店见一个客户。我说。明天有时间吗？我请你吃中午饭。Mike慷慨地说。谢谢你！明天我有事，改天吧。我说。那你可别忘记打电话给我，不要一别又是几年。Mike有些不舍地说。当我和客户在咖啡店谈事的时候，Mike又回来说，记住打电话给我，我等你的电话！也许这个周末我应该去见见Mike！事后我这样想。

奥莱格的故事

你已经忘记你的朋友奥莱格了吗？奥莱格在短信里这样说。

奥莱格是十几年前从俄国莫斯科移民到加拿大的俄国人，今年四十岁，我的好朋友。最近他很忙，忙着结婚，也忙着盖房子。他的前任妻子，四年前和别人结婚了，带走了两个幼小的孩子和一个漂亮的房子,还有一只猫，只给奥莱格留下了一块土地。大概因为当时正是经济倒退时期，土地又不能做抵押贷款，所以那个女人，也是来自莫斯科的俄国人，才慈悲地留下了这块土地给奥莱格。

你的新娘已经到加拿大了吗？我问他，在短信里。

还没有呢，她仍然在莫斯科等候审批，过程很繁琐，可能还需要一段时间才能到加拿大来。奥莱格说，在电话里。

你现在在哪里？加拿大还是俄国？我问，在电话里。

我现在在多伦多，已经从俄国回来两天了。奥莱格回答。明天有时间吗？很想和你一起吃晚饭。他又说。

好呀，还去你喜欢的莫斯科餐厅吧。我欣然回答。

奥莱格又在莫斯科举办了一次婚礼，他人生中的第二次。他的那块地已经升值了，让他赚了不少钱。他的房子也快盖好了，今年夏天应该可以入住，那时他的新娘也可以来加拿大与他团聚了。昨天吃晚饭时奥莱格十分高兴地这样对我说。

人生的轨迹变化莫测，谁也不知道明天将会发生什么。我祝福奥莱格和他的新娘幸福快乐！

道　别

照常吃了一份营养全面的早餐，正准备离开餐厅时，酒店经理过来打招呼。“今天就要走啦？”“去台湾几天，很快回来。”我回答。“用不用酒店的车送你去机场？”“谢谢，车已经安排好啦。”我回答。“飞机几点起飞？”“下午三点。”“用不用延长退房时间？”“好呀，可以延长一个小时吗？”我问。“当然可以！我立刻去办。”“非常感谢！”我说。“喜欢不喜欢这家酒店？”经理问。“非常喜欢！这里有舒适的环境，美味的食物，当然最重要的是很好的服务啦。”我回答。“过几天还来香港？”“嗯，过几天就回来。”我回答。“回来以后准备住哪一家酒店？”“很可能还是这家酒店。”我笑眯眯地说。”“这是我的名片，回来时找我吧。”他热情地说：“好呀。谢谢你！”我向这个对工作十分负责任的经理再次道谢。“过几天见！”经理笑容满面地与我道别。

到台北

飞机晚点，护照又忘在飞机上，出海关时才发现，所以又转回去找，在机场的工作人员和班机乘务员的热心帮助下，找回了护照。接机的司机很耐心地在机场大厅里等候。上车以后，司机送给我几瓶矿泉水，水的名字叫“多喝水”，哈哈，因为这个名字起的好，所以我在从机场到酒店的一个多小时里，喝完了整整两瓶水。

胡椒虾

在酒店安置下来以后，我和台北的朋友一起去吃胡椒虾，我的最爱。吃胡椒虾最好用手吃，然后把虾皮丢在旁边的大桶里，虽然不是什么讲究的吃法，却也其乐无穷。每次到台湾第一顿饭几乎都是胡椒虾，因为这样的美食只有在台湾才能吃到。

到温哥华去

飞机追赶着太阳，天空渐渐露出了曙光，当海水清晰地展现在地面上的时候，温哥华的身影在黎明中若隐若现。她，仍然那么葱绿，仍然那么娇小秀美，好像江南的女子披着一件透明的纱裙。

走出机场，凉爽的风徐徐地吹来。打开车窗，让风拂过脸庞，旅途的疲劳在微风中渐渐地飘散。一路上，熟悉的街道和风景与我擦肩而过，回忆断断续续地展现在脑海里，甜蜜，温馨。时光跳跃着像一个顽皮的孩子。

朋　友

到机场接我的司机是爱尔兰人和泰国人的混血儿。他是在校的大学生，利用暑假的时间替酒店工作，挣一点学费。他有黑色的头发，这点像他的妈妈，洁白的皮肤，当然来自爱尔兰的爸爸。他很健谈，从机场到酒店的路上他一直都在询问香港的繁华和美食，也讲一些在校的生活和自己的工作经历。在酒店告别这位英俊的小司机时，他递给我一张名片，嘱咐我离开温哥华时一定打电话给他，他会过来为我送行。

天涯何处无芳草！友谊，其实就存在于生活的每一个细节里。

艺术家

到酒店就睡觉，一直到当地时间晚上十点才醒来。一个人跑到街上转一转，见到了两个街头艺术家。他们在夜色里继续自己的创作。我挑选了一个有浓郁印第安人风格的手工艺术品，据说是可以给人带来幸运的吉祥物。那个女孩顺便告诉我她的灵感来自印第安人的文化，她特别强调有些作品的灵感是来自她五岁时候的想法。她，是一个天生的艺术家！离开时我拍下了他们的照片，里面还有他们心爱的小猫。

小　店

很久以前就已经拜访过这家印第安人开的小店。店里商品繁多，尤其以有印第安人文化特色的商品居多。吉祥物，图腾，北极熊等小饰物和装饰品占据了小店的大部分空间。以前经过这里，总是喜欢进去看看，和店主人，一个印第安老人聊天。这么多年以后小店橱窗的布置还是那么诱人！因为是夜晚，小店早已关门，却不知印第安老人是否仍然在经营这家小店。明天有时间一定去看看，希望他还记得我，一个喜欢印第安人文化的中国女孩。

山　泉

清晨，下雨了，雨像薄薄的轻纱披在小城的身上，人们在小雨中延长了甜蜜的梦乡。我早早地起床，撑起一把粉红色的小伞，劈劈啪啪地踏着路上的雨水，跑到离酒店不远的租车公司租了一辆漂亮的奔驰跑车。在朦胧的雨雾中，离开仍在沉睡的市区，驱车沿着山路盘旋而上。细雨仍在不紧不慢地下着，打开车窗，细碎的雨滴蹦跳着落在脸上，好像清凉的手指拂过面庞。就这样享受轻柔的抚摸，就这样一个人悠闲地驾车行驶在山路上。

海水在低垂的雨雾下安静得像一个乖巧的婴儿，微微波动的水面不时传来微弱的，海的喘息声。路的这边是翠绿的山峰，与岩石为邻的粉紫色的野花星星点点地点缀着山的风景，柔软了山石的雄姿。山泉在坚硬的岩石缝隙间涌出，在美如绸缎的绿树丛中缓缓而下，留下晶莹的水滴在树叶上闪亮。一路吟唱着，山泉会合成了小溪，小溪越过最后一块岩石，穿过公路，顺势而下，极轻易地跳入海中，变成了几朵优雅的浪花。

这里的山泉临近大海，不必走过万水千山，跨越时空，跨越艰难，便可回到海中，升华，变幻，人生又何尝不是如此呢。

雨做的云

汽车在低垂的云朵里穿行，云朵中密密的雨滴轻轻地敲打着车窗的玻璃，这时才感受到云其实就是雨。云中的能见度很低，只能看见车子前方一两米的距离，于是我跟着云朵飘去，飘向山顶的方向，飘向一个十分熟悉的地方，以前曾经到过的高尔夫球场。停好车，撑起粉红色的雨伞，带着留恋和失落的心情走向熟悉的球场俱乐部。屋里的一切仍然是昨天的样子：望海的餐厅、熟悉的走廊、就连球场的商店都和以前一模一样，在这里，时间好像凝固了，凝固成一朵雨做的云。

在被云朵环绕的高尔夫球场里，我想起了那些阳光灿烂的日子，以前的快乐时光：球场上的欢笑、一杆进洞的惊喜，还有伊恩，我们的高尔夫球教练，甚至还想起我们一起在球场的商店里挑选纪念品时的愉快心情。过去，不会回来，此时，曾经的你在哪里？因为下雨，来打球的人不多，球场的俱乐部里始终只有我一个人，有点儿神秘，有点儿穿越了时空的感觉。过去和我，瞬间都变成了雨做的云。

山　顶

在浓浓的雨雾中到达了山顶，梦幻般的景色使人飘飘欲仙。这里没有寒鸦的噪鸣，没有萋萋的园林，唯有蝶舞馨香娴静浮云。打开车窗让湿湿的山风吹拂面颊，陶醉在绝美的流霞中忘记尘世的喧哗。三三两两的游人在细雨中走进眼前的美景，山上人家的小屋在雾中若隐若现，炊烟袅袅扶摇直上。

港　湾

从山上下来，一路雨弱风轻，公路上的车不多，都在雨中不慌不忙地开着，好像没有人急着要到哪里去，又好像人们都陶醉在这样似有似无的小雨里，忘了回家。

在回温哥华的路上，途经马蹄形海湾，那是一个繁忙美丽的港口，因为形状似马蹄而得名。早上，人们从这里出海捕捉三文鱼，晚上，人们喜欢在这里小息。我也曾经在这里做过渔夫，虽然从来没有什么收获，可是仍然喜欢在海上做渔夫的感觉。离开马蹄形港湾之前，我又到那家名为美人鱼的餐厅吃三文鱼汉堡包，那里，也留下了曾经十分温馨和甜蜜的回忆。

雨还在下

回到酒店，陪伴我一天的雨还在下。这时的雨好像已经成为我的亲密朋友了，如果此时停下来，反倒觉得有些依依不舍。明天就要离开温哥华回多伦多了，雨中的经历会和我一起飞过洛基山脉，也会陪伴我度过以后的时光。人生中的很多经历都是在雨中和阳光下走过的，曾经的甜蜜和快乐将变幻成一朵雨做的云，成为永恒的记忆。

那样的秋

那样的秋，总是让人记挂着几片金色的叶；那样的秋，在果香中旋转着舞步，踢踏出一场秋雨般的乡愁。缠缠绵绵的远山静立着，好似一排士兵等待出征的号角，远征秋与冬的边境。缓缓的流水追随着阳光，远去，晶莹的水波携带着点点夏日的记忆...花儿无声地坠落，风在秋日的私语中穿梭，自然的和声：虫音，鸟鸣，秋叶瑟瑟，都在田野上，轻歌。那样的秋，悄悄地走来，带着果香和金黄的色泽，还有，还有一片，思乡的云朵。

绿色的秋

北方四季分明，秋也自成一个世界。秋的色彩，秋天里的生命都绽露出不同的美丽。

南国的秋似有似无，却也能在朦胧中透露几分浅浅的秋意。我来自北国，自然熟悉浓墨重彩的秋天，也因偶尔路过南方时，因为正好是秋季，所以有幸欣赏到绿色的秋，那诗一般的，烟雨中的绿色也往往能令我陶醉。

美人思乡

月光再一次盛放，如菊花的海洋，秋色荡漾，染红了蝴蝶的翅膀。傍晚，夜色临近湖边，微风吹走了一天的疲倦，夕阳下的彩霞静静地等待皎洁的月亮替换渐渐失去温暖的太阳。梦乡在月光里蔓延，蔓延出金色的波浪，故乡在梦乡里变幻，变幻出一片旎丽微香。浮莲在湖水里窥探岸边菊花的容颜，碧谷传来怯怯的秋虫，吟唱。走进月下的城池，又见雍容华贵的古色古香，故乡，弹奏出一曲东方的乐章。

影　子

柔软的夜色如一床绸缎，颤抖着玉色的光，风就这样吹落了远方的思念，描绘出星星的脸。许多许多的明天等待着每一个日落黄昏，一次又一次翘首观望喷薄欲出的太阳。小河里的水很凉，这么快就丢失了夏日的暖阳，春天的月亮。

冷冷清清的小街上洒满有些孤寂的金黄，清凉的夜晚里有弯曲的影子在测量路的长度，就像是猎人的长矛在戳点猎物的脊梁。走过一个又一个装满灯光的窗口，窗幔后面的花朵很快就让骄傲为幸福弯下了腰。

花开花落

坐在远方的咖啡店里书写心情，在字里行间调出一杯可口的咖啡。此时，没有谁在远方等待，也没有谁在桌边微笑着注视着嘴角流露出的平淡的表情。

把经历过的风景描绘在纸上，把不再起伏的心情敲打在键盘上，嘀嘀嗒嗒和着分分秒秒的韵律，释放出默然的情思。其实总是羡慕花开花落的从容，无所谓人们的感叹和惋惜；其实也留恋过某种感动在心里划过的痕迹，但是最后留下的只是一道浅浅的伤痕。很想像花儿那样从容坦荡地面对美好和失意，也想像季节那样平分春夏与秋冬。人生在海水一样的起伏中颠簸出精彩和落魄，也在繁星点点的世界里留下永恒……

期　待

当一颗心安静到无所期待的境界，人犹如飘然的云与风为邻，随处而安。

思念和牵挂坠落在丛林里很难找寻。

热恋中的人们有的神采飞扬，有的坐立不安，失恋的人茶饭不思，夜不能寐，唯有介于恋与不恋之间的心才能平静。

感情的空白像一个真空的世界，没有负担，每天读书写字，运动娱乐，饮茶会友却也其乐融融。

夏天就要过去了，这样的心境还能维持多久?

在秋叶飘落冬雪纷飞的时候，期待着一个惊喜。

目光里的秋天

走过春天的清新，路过夏季的丰腴，眼前是秋天的沉重与华丽。点点红樱桃，如你红唇般鲜润，秋天的星星仿佛你蓝色的眼睛。你看到了什么？朵朵鲜花坠地，片片落叶随风，沉淀了岁月的骄横。面容依然年轻，在秋风抚摸时泛起了红晕，那身边的累累硕果，是经过了春夏交融后的乳汁，慢慢变成。

有时笑了

早晨，阳光倾洒院中，淡淡的草香扑鼻，自动花洒喷出丝绒般的雨滴，落在脸上身上，无声无息。心在美丽的田园中畅想，轻吟，多少年的时光，在淡然之中度过，在风雨飘摇中潜行，有时倦了，依偎自己的心灵，有时笑了，就这样默默地在院中轻吟心声。希望就孕育在每一个清新的早晨!

一片柠檬

在香港喝柠檬茶通常一杯茶只配四片柠檬。住进这家酒店已经一个月有余，每次在酒店餐厅喝柠檬茶时，那位年老的服务生总是比别人多给我一片柠檬，每次送来柠檬茶时，他都带着很亲切的笑容，还有长者般的关心和问候。旅行时经常会遇到各种各样的人和事，像这样细微的关心也时有发生，虽然只是一片柠檬，虽然只是一些不足挂齿的小事，却能深深地触动我的心灵，让我感动。

南国的冬季

在南方以南的香港，冬季也有花草和绿树，往年，每当此时从冰天雪地的加拿大飞抵香港，都会误以为这里仍然是春天。今年因为北国多次的冰雪带来的季风，使香港的冬季失去了往日的温柔，寒风习习。这个相对于加国仍然十分温暖的冬季却让我染上了风寒，久未痊愈。手捧一杯热茶，望向窗外南国的冬天，原来那美丽如春的花园里也有一个冬季，南国的冬季。

山顶上的一支花

无论在国内还是国外，书店里有关诗歌方面的书籍，总是被摆放在远离其它图书的书架上，在一个安静幽雅的角落里。如果想买或是想读诗歌，尽管到那无人之处慢慢享用。

诗歌根植于文学的故土，却又凌驾于其它文学创作之上，以其精炼跳跃的文字，优美如旋律般的韵律吟唱着千古的传奇。一首好的诗歌仿佛高山顶上的一支花，孤傲洒脱，冷艳妖娆，却又清香扑鼻，过目难忘。

我喜欢读诗，更喜欢写诗，那书店里安静馨香的一角自然是我经常流连忘返的地方！

勿忘我

你来了，你终于来了！手捧一束花！红玫瑰、粉玫瑰、香槟色的玫瑰、幸福草，还有，还有几株淡紫色的勿忘我。你用美丽缤纷的色彩表达了情感和爱意，虽然用了那么长的时间。你来了，带着微笑和泪水，在这个特别的日子里。

轻抚点点淡紫色的花，"勿忘我"你在我的耳边轻声地说。

喀秋莎

正在一家俱乐部吃饭，隔壁房间传来钢琴声和用俄语演唱的喀秋莎等前苏联卫国战争时期的歌曲，当然还有俄语演讲声和掌声。一些俄国人正在缅怀祖国思念故乡。突然音乐变了，强烈的节奏带出当下最流行的“江南style”，随之是一片欢呼声。音乐确实是国际语言，当我陶醉于深情的喀秋莎时，俄国人已经开始跳起了韩国式样的骑马舞。

新　年

新年的第一天，早晨，没有鸟语，可闻花香。一切照旧，太阳还是那个太阳，家还是那个家，我还是我，你也还是你。所谓新年不过是一个数字的变化。既然是新年，就许下一个心愿吧：但愿人长久，千里共婵娟。

旧 友

已经很久没有见到她了，大概有一两年的时间吧。今天又到同一家咖啡馆会友却见到了这个很久没有见面的朋友。那个以前认识的伊朗阿姨告诉她我到来的消息，她冲出厨房一看见我就大声说：这么久没有见到你，你到哪里去了？她没有讲英语，说的是略带上海腔调的国语。“我告诉你一件事请别笑话我。“我离婚了，是我甩了他。”没等我回答她已经很自豪地说出了自己的秘密。“现在她已经又有了女朋友，我倒喜欢一个人无拘无束地生活。”她大声说着自己的私事，在众目睽睽之下。“反正他们老外也听不懂。”她的眼睛这样说。“对不起，失陪一下。”我对朋友说，他也是一个老外，当然也没有搞清楚究竟发生了什么事。我把她拉到咖啡馆的外面，在咖啡袅袅升起的热气里继续听她讲述那段“不平凡”的经历。

一切都好

“一个人吗？一会儿做完检查有没有人来接你？因为检查以后不能开车哦。”刚走进诊所护士这样说。“一会儿有朋友来接我。”我边抖掉身上的雪花边回答她。”“填表！”护士命令道。什么病、什么病、..什么病……NO、NO、NO……“你很健康哦！”护士拿回我填好的表格赞许道。“我的胃不舒服。”我弱弱地说，重申我到这里来的目的。

躺在候诊床上，望着天花板上的一块水渍，数着自己的心跳，听着旁边那些刚做完肠镜检查的人，不停地发出的咕噜咕噜的噪音声响，屏住呼吸很怕吸入他们那边飘过来的被污染的空气。

“她已经丌始做胃镜检查了吗？”听到外面朋友讲话的声音，心里稍微平静了一些。我这个生长在英国的朋友很会做蛋糕甜品，她说等她老了以后要开一家蛋糕房卖蛋糕。想着朋友的美味蛋糕口水都要流出来了。

“马上进手术房，一会儿医生会给你打麻药，准备好了吗？”一个护士对我说。

“现在我要给你打麻药了，放松哦。”医生的话音刚落我已经失去了知觉，虽然在医生说话的时候我努力睁了一下眼睛，可是看到的只是正在旋转起来的灯光。

“没有发炎，没有溃疡，没有癌症。”医生高兴地说“什么时候可以吃东西？”听完医生宣读我的检查报告我立即问道，此时眼前全是美味蛋糕。

应该建议他们把做胃镜和做肠镜的人分开候诊。坐进汽车以后我这样想。

臭鼬

一晚上没有睡觉，满屋都是臭味。昨天晚上狗狗出去和臭鼬打架，得胜归来时，浑身臭臭的，脸上却是十分得意样子。天黑了又很冷，无法帮狗狗做清洁只好等到今天早上了，所以现在房子里很臭很臭很臭……朋友出去买西红柿汁，她说西红柿汁可以去掉那种讨厌的臭味。在这样的臭味里住了一个晚上，我的身上是不是也有臭鼬的味道呢！“多买点儿西红柿汁，我也需要哦！！”我追出房子，朝着朋友的汽车尾灯喊道。

安妮的私语

也是一个偶然的机会听到了〈安妮私语〉的配乐诗朗诵。那优美的音乐熟悉的诗歌缓缓地在夜色中流动，我竟然又一次被感动了，被自己的诗，就如当初我在键盘上用指尖弹奏出那些诗歌时一样。诗在音乐的衬托下显得更加优美动听温婉柔情。窗外的小雨无声地下着，一个人静静地欣赏，欣赏安妮的私语在音乐中流淌。

复活节的雨

复活节的周末一直在下雨，天气凉爽舒适。这里远离市区，因为是新开发的住宅区所以住户不多，空置的房屋比比皆是，不多的几户人家在节假日的时候离开出游，这里便显得更加幽静。

从来都喜欢安静的生活，即使在香港这样的亚洲大都市里，我也喜欢在城市的一角默默地观望，观望人来人往。

生长在大城市，却没有让我恋上城市的热闹与繁华，而是始终像一个农夫那样耕耘着自己的一片土地，仰望头顶上的一片蓝天。

品　牌

空闲时翻阅旧照片找出了一张我在多伦多经营过的商店的照片，商店的名字是：LILILABELLE。这个名字也是我在加拿大注册的化妆品品牌的名字。我的这家店虽然已经结业了，但是我自己创建的品牌依然存在，以后也许会继续经营自己的品牌，并开拓中国市场。

雨　季

推迟了近一个月的雨季终于来了。院子里的花草在连日来的春雨里变得更加鲜活　丽。早上，住在后院树上的那只肥肥的鸟儿早早地回巢，努力把自己胖胖的身体挤进被密密的树叶覆盖的鸟巢里，它刚刚在鸟巢里把自己安顿好，雨水就如瓢泼般地来临。那年也是这样的一个雨季，热带季风带来的雨掺杂着海水的咸味，你在院里除草,我在院子里种花，朦朦的春雨里飘浮着多少爱意。你走了，你走了以后花朵还在草地仍然翠绿。记得妈妈曾经说过，雨季一定会来，在每一个春季。

伊拉克战争

十年前伊战前夕，在钟表指针转动的嘀嗒声里，全世界善良的人们都在恐慌中观望着，不愿看到指针转到那场战争最后期限到来的时刻。时间一分一秒地移动着，走向战争的边缘。

在战争爆发的前夕，我写了《这里是天堂》，随后又写了《中东战争》和《老橡树上的黄丝带》等，先后发表在多伦多明报专栏上。十年过去了，因为这场战争，很多人失去了宝贵的生命，千疮百孔的伊拉克和筋疲力尽的美国以及同盟国都在忍受着不同程度的煎熬。十年后的今天有关战争与和平的话题又一次突出地摆在人类的面前。

浅谈美丽和骄傲

风轻无雨，淡淡的花香，这里没有柳絮飞扬。南方是北国的新娘，温柔而不张扬。做一个南国的女子隽秀玲珑碧玉乖巧，却不是北方女孩能够模仿得到的。北国的冰雪不仅使那里生长的女孩雍容大度，更使她们浪漫妖娆。花，有很多品种，却都有难得的美丽和骄傲。

爸爸节日快乐

父亲似乎总是在我的生活之外，记忆里很难有父亲清晰的身影。小时候像许多女孩子一样，我喜欢把父亲幻想成无所不能的人，而且高大英俊，也经常面带微笑。虽然后来终于见到了父亲，虽然父亲与我的想像有很多不同，但是那时的我并没有因此而失望，反而觉得那才应该是自己父亲的样子。父亲一生戎马，无论遇到任何情况，父亲最常说的一句话是，我是当兵出身，当然要这样做！现在我的父亲时常讲起过去的事情，他自己年轻时候的故事，还有我们小时候的故事。非常惊讶父亲居然了解得很多，就像时时陪伴在孩子身边的别人的父亲一样。我和父亲很像，从血型到性格都非常像，妈妈经常这样说。父亲老了，仍然经常向别人提起我这个叛逆，又喜欢流浪的女儿，言语之中充满了父爱。祝爸爸节日快乐！

情　趣

不会做饭，却喜欢有一个清雅洁净的厨房空间，不是用来煮食，而是一块像花园一样美丽的静地。清晨或傍晚，一个人在这里逗留小息，读书或写字，完全是一个自我的世界，满足与快乐就在花朵与色彩间蔓延。虽然不会煮饭，饿了，也能在这里煮一杯咖啡或是做出美味漂亮的三明治，一饱眼福和嗅觉，顺便填饱饥肠辘辘的自己。当阳光从窗外照进来的时候，当柔软的灯火环抱着自己的时候，那时更是仿佛堕入仙境般地悠闲，在花朵与咖啡的余香里享受自己的快乐。

云海下面的小船

从这座山到那座山之间，正好是那片云海的长度，灰色的云朵下面，是一条刚刚进港的游轮。每天维多利亚港都有几条这样的游轮进出，载满了欢笑和人群。一声长鸣后游轮抛锚了，汽笛声清晰地闯入我的窗口，扰乱了屋里的宁静。

那年乘坐游轮从迈阿密到加勒比海，也是这样跟着汽笛声进出港口，晚上，海水和月光温柔地拥抱着小船，我们就在那温情似水的月光里进入梦乡。

多少年后，仍然喜欢看游轮来来去去，载满欢笑和人群。人生也好像进出港口的游轮，一次次停靠在港口里，又一次次启程驶向下一个旅程。

海水很静，游轮上的旅客应该已经休息了，远远望去，那片云下的游轮显得很渺小，仿佛一条小船在海面上，漂荡。

过　海

香港是海的世界，每次从住处到城里都要过海。驾车穿过海底隧道的感觉仿佛回到了童年的梦里，尤其是从隧道驶出的那一刻，犹如穿越太空般兴奋。大声倒数着三二一，从黑暗回到光明，一种穿越的神秘感瞬间升华为感动。/穿越 / 空　不容易，让自己童心未泯却不难，只须从过海隧道的一出一进，一暗一亮，已经让我尽情享受到了那种久违了的，童年时的快感。

世外桃源

在高尔夫球场的中间有二十几座房子，远处的青山隐约可见，不远处的河水在夏季带来些许的凉爽。一条花草妆点的小街弯弯曲曲地串起了一座座小屋，小屋的前后有美丽的花园，一年四季都有花香弥漫，这里好像是在高尔夫球场中心，放置的一个装满鲜花的花篮。晚上群星闪烁，点点的星光在夜色里辉映小街上的灯火，一切都是那么自然舒适，又展现出一种极致的美！

邻居们很少见面，有时会在小街上车辆交错的时候打个招呼，偶尔在小街上散步时，遇到了，也会相对而笑，互相问声好。最近的那家邻居是香港赫赫有名的四大天王之一，再往旁边一点就是香港大名鼎鼎的词作家了。夏天的时候，临近的马会传来驯马的声音，也能见到马匹矫健的身影。这里没有林立的高楼大厦，也没有川流不息的人流和车辆，这里是香港的世外桃源。

奇　葩

除去我出生和成长的地方以外，香港应该是我最喜欢居住的城市。这里比中国内地多了一些呼吸的空间，比台北多了几分更国际化的氛围。因为是中国人的地方，又有多元文化和多种语言环境，所以住在这里既没有被认为是外来人的感觉，也融汇了西方生活的风情。东西方文化的交会和交融在这里形成了一个具有独特文明的文化三角洲。从某种意义上来说，香港是身体里流着中国人的血液，吃西方饭长大的人们如鱼得水的地方。古庙高楼，市井小巷，粤语英文，传统与多元文化的融洽，进化出一朵耀眼的奇葩。香港，一颗闪亮的明珠转化为那面旗上的那朵花。

童年的梦

一个偶然的机会，在香港跑马地附近的一家法式家具店里见到了一盏吊灯。吊灯设计独特，让我联想到满天繁星和可以叮咚作响的风铃。灯的设计充满了美妙的韵味，那梦幻般的灯光让人感觉就像漂浮在夜色的星空里。小时候喜欢数星星，可是听说星星永远也数不清。买回那盏吊灯不是为了照明，而是为了童年的梦。

八月花

八月花是香港一家中餐厅的名字，偶尔经过那里会为这三个字停留，一个多么美丽的名字！有时也会猜想八月花到底是怎样的花呢，虽然那家餐厅的牌匾上，八月花三个字下面的英文是茉莉花。

茉莉花是家父最喜欢的花，我的中文名字也因家父的这个爱好而来，或许那美丽的八月花的花名也像我一样，因这小小的芳香扑鼻的花朵而得名吧。

盛开在八月里的花很多，我虽然爱花也很难逐个说出花的名字，尤其是在香港这样温暖的地方，花自然更多，花名就更难一一道来了。今天因为交通堵塞，无意中看到了路中间种植的，早先以为是常青类的植物，竟然开出一串串小小的红色花朵，那些花在繁茂的枝叶间探头探脑，羞答答的样子，很是可爱

虽然现在只是六月，可是所有见到的花朵都让我联想到八月花。

八月花到底是怎样的花呢？听说过八月花神，我猜，一定是难以想像的，美到极致的女人吧。

过 境

住在香港，有很多机会开车过境到大陆深圳，或是开会或是会友。来往于两边边境的经历有很大的不同。过境去深圳，香港这边的海关人员笑脸相送，大陆的海关人员面无表情。从深圳回去香港那边，同样的情景将会重演一次。

香港的海关人员是我所知道的最和蔼友好的，除了台湾的海关以外，只是每次回去会遇到我认为不太合情理的盘查。在介于大陆和香港之间的地带会有一些香港方面的人员专门检查体温，除了这项检查以外，他们也负责严查大陆孕妇入境的情况，每次回到香港那边，当他们牢牢地盯住我的腹部像人眼X光机一样检查时，会让我感到他们对大陆人的防范和警惕的意识已经到了无可附加的程度，那时我会微笑着接受检查，当他们见到我平平的腹部后，便会松弛了脸上的神经，恢复微笑的表情。在香港机场，最近也增加了中英粤语有关携带婴儿奶粉规定和惩罚条例的广播。以一个第三者的身份经历这种事情，也会让人感到两边中国人的互相不理解，甚至不太友好的态度。大陆的孕妇，香港的奶粉，是香港人的，痛。

商业与艺术

诗意的灵魂亲吻艺术的长廊，商业的手段在诗歌的色彩上揉出褶皱，挂起铜色的旗幡。游走于商业与艺术之间的诗魂，已经被那样的旗幡折断。

诗歌源自于无法预料却可以捕捉到的灵感，像那流水中落叶的倩影，无时不在，可是又不知那空灵与洁净之魂何时出现。诗人情怀是诗歌斑斓色彩的发源地，好像黄河的源头，澎湃着厚重的情感。打动人心的既是诗歌优美飘逸的文字更是诗人鲜活情绪的表达和灵动，那如流水般的载体，支撑着落叶似的轻盈，那无时不在的诗意之美就从容地顺流而下，溢满了黄河之躯，隔断了现实与遥远而神秘的诗意。

后　记

伊甸园

我喜欢自然美丽的野花，自由生长的野草，那缺少人工雕琢不修边幅的样子才是我心中的花园。

罗马古城的遗址坍塌了一时的文明，可是那种披星戴月的残缺景象却书写了更多历史的辉煌。

在塞纳河边散步，那些喧嚣而过的铁船惊扰了我想像中的伊甸园，那人流鼎沸的凡尔赛宫一角的静地，是我流连忘返的家园。

喜欢像一只小鼹鼠那样，躲避在田野里喘息，也喜欢像啄木鸟那样敲击树干，探索已知中的未知，惬意，逍遥，在自己的伊甸园里。